长住美与深情里

姜伟婧 著

中国民族文化出版社
北　京

图书在版编目（CIP）数据

长住美与深情里 / 姜伟婧著. — 北京：中国民族文化出版社有限公司，2021.5
（海陵红粟文学丛书）
ISBN 978-7-5122-1470-5

Ⅰ.①长… Ⅱ.①姜… Ⅲ.①散文集—中国—当代 Ⅳ.①I267

中国版本图书馆CIP数据核字（2021）第086921号

长住美与深情里

作　　者：	姜伟婧
责任编辑：	司马国辉
责任校对：	李文学
出版者：	中国民族文化出版社　地址：北京市东城区和平里北街14号
	邮编：100013　联系电话：010-84250639　64211754（传真）
印　　装：	三河市金元印装有限公司
开　　本：	710mm×1000mm　1/16
印　　张：	13
字　　数：	200千
版　　次：	2021年7月第1版第1次印刷
标准书号：	ISBN 978-7-5122-1470-5
定　　价：	49.80元

版权所有　侵权必究

海陵红粟文学丛书编辑委员会

主　任：刘　燕　王健军

顾　问：子　川　刘仁前　庞余亮

主　编：薛　梅

副主编：徐同华　王玉蓉

编　辑：毛一帆　孙　磊

前　言

　　红粟作为海陵的人文符号，流传已逾千年。

　　海陵人文荟萃，"儒风之盛，凤冠淮南"，历史上一直是文化昌盛之地，有着深厚的传统文化底蕴，素有"汉唐古郡、淮海名区"之称。香粳炊熟泰州红，随着岁月的流逝，海陵地域和空间面貌发生了沧桑之变，却遮掩不住海陵文化的神韵飞扬，这为文学创作提供了丰富的精神滋养和灵感源泉。平原鹰飞过，街民走过，花丛也作姹紫嫣红开遍，从这里走出的小说家、散文家、诗人、评论家，无不用自己的笔讴歌家乡的美丽，书写人生的梦想，彰显海陵与时俱进、开拓向前的文化力量。海陵之仓，储积靡穷的不只是红粟，海陵人还以文学的方式，记录多姿多彩的形态与品性，标记一代又一代海陵人的辛勤探索与不断创新。因为执着，故而海陵历经沧桑而风采依然。

　　文学的生命力或许就在于这样繁衍不绝、生生不息地传承与开拓。2015年海陵区文联成立十周年之际，海陵区曾集萃本土十二位作家，推出一辑十二卷的海陵文学丛书。著名作家、江苏省作家协会原主席范小青为之作序，她指出这套书"不仅是一个'区'的文学，更是地级市泰州乃至江苏省文学的一个缩影。为此，我们有更多的期待"。如今五年已过，而这份期待还在，海陵文学也在这份期待中奔腾不息地流淌和前进，大潮犹涌，后浪已来，那份律动依旧，我们也能从中感受到文字的力量和写作的意义。"海陵红粟文学丛书"的推出就是对此的检验，一辑十册，分别是：

　　《碧清的河》　　　　　沙　黑

　　《青藜》　　　　　　　刘渝庆

　　《日涉居笔记》　　　　李晓东

　　《草木底色》　　　　　王太生

　　《雪窗煨芋》　　　　　陈爱兰

《本色·爱》　　　　　　董小潭

《船歌》　　　　　　　　于俊萍

《泰州先生》　　　　　　徐同华

《纸面留鸿》　　　　　　李敬白

《长住美与深情里》　　　姜伟婧

如同一粒又一粒的红粟，唯有汇集，才有流衍的可能。十本书中有朝花夕拾的拾趣，人间至味的煨炖，深秋韵味的老巷，青藜说菁的今古，寻本土丹青翰墨真味，或半雅半俗生活，或山高水长追思。生活总是爱的表达，愿在这桃红花黄的故乡，因为文字，截留住生命里的美与深情。

我们处在一个伟大的时代，既然"生逢其时"，必然"躬逢其盛"。文化特别是文学的繁荣，渊源于悠久的历史，植根于今天的实践。历史赋予我们这一代人的一项任务，就是要充分挖掘海陵文化的丰富宝藏，古为今用，推陈出新，更好地为社会经济发展服务。我们将常态化推出文学系列丛书，以继续流衍的姿态，不断丰富、延伸、充实海陵古城当下的文化内涵。

海陵红粟文学丛书编委会
2020 年 6 月于海陵

目 录

第一辑 梓里风物

来碗鱼汤面 /002
闲话荠荠滋味长 /004
藕花深处 /006
悠悠秧草情 /008
街巷口的炸臭干摊子 /010
小巷臭干香 /013
打笆巷的早茶店 /017
饺子里的乡愁 /020
冬日里的小美好 /022
树树皆春色 /025
桃花依旧笑春风 /027
天德湖之春 /030
看春天 /032
从诗词中品读生命 /034
夏日杨梅正当时 /038
春游邵伯镇 /041

行走之扬州 /043

汪曾祺笔下的淮扬美食 /044

唐鲁孙笔下的泰州美食 /046

第二辑　溯流而上

书香四代情 /050

父亲的春联 /053

老爸的退休生活 /054

以最美的姿态老去 /057

爷爷的往事 /060

爷爷临去的日子 /062

记得来路 /065

疫情下的时间 /073

冬日夜读 /076

孩子的春天 /079

第三辑　心香一瓣

开馄饨店的常玫瑰 /082

镜头凝成永恒 /085

多年师生成亲友 /087

成为你自己

——一位中学教师给学生的一封信 /090

那个爱汉服的女孩 /094

路边的挡风罩 /096
热粥暖人心 /098
乌镇之行 /100
雪意如诗 /103
书香伴我行 /105
写作，一场心灵抵达 /108

第四辑　南窗支颐

大羹淡味 /116
欲诉谁人能懂 /118
随车慢行 /120
莫愁前路无知己 /122
独处中品清静 /124
一点闲暇心，千里快哉风 /126
共拓诗词路 /128
人生有求品自高 /130
沧桑见美 /132
痛后之思 /134
文化呼唤惊喜之心 /135
留得风雅在人间 /137
君子固穷 /139
走出洞穴 /141
勇者无惧 /143
静默如诗的情怀 /145

第五辑　灯下漫笔

怀念林清玄先生 /148

与往事握手言和

——读汪曾祺《职业》前后稿有感 /151

清凉的阅读 /154

波德莱尔与热馄饨

——读木心作品有感 /157

一本好书不应被辜负

——读《三国演义》有感 /159

理性跟随，成为自己

——读莫言小说《红高粱》有感 /161

在理性与诗情间徜徉

——读张兴龙《扬州文化资源研究》/163

方寸行止，正大天地

——读陈彦《主角》有感 /165

可以歌唱的记忆 /167

此身，此时，此地

——读加缪《鼠疫》/169

精神的还乡

——论福克纳对中国新时期寻根文学的影响 /173

后　记 /196

第一辑　梓里风物

　　生长在里下河地区的人，怕是少有能抵御鱼汤面的诱惑的。

　　尤其是在荒寒的冬日早晨，从滴水成冻的屋外，钻入掺杂着鱼汤与胡椒鲜香的热气腾腾的早茶馆，这时没着没落的胃便仿佛有了温暖的依靠，为这一天的启程奠定下最有底气的依托。

来碗鱼汤面

生长在里下河地区的人,怕是少有能抵御鱼汤面的诱惑的。

尤其是在荒寒的冬日早晨,从滴水成冻的屋外,钻入掺杂着鱼汤与胡椒鲜香的热气腾腾的早茶馆,这时没着没落的胃便仿佛有了温暖的依靠,为这一天的启程奠定下最有底气的依托。

如果非要从淮扬的早茶里选出最爱,我一定不选烫干丝或者三丁包,它们固然是淮扬早茶家族里的生力军,可是似乎只能做雅致的配食,是压不住空空祈求饱腹的胃的场子的。而鱼汤面不同,多少人在清寒的早更天坚定不移地向店家喊一句:"来碗鱼汤面",正是看中它的厚实而亲和,鲜美而温润,且价廉,且营养。

在素有"鱼米之乡"之美誉的里下河,鱼类易获得,所以相对价廉,而稠白绵润的汤汁里,营养却丝毫不输牛肉面、腰花面等相对高价的面食。

但一碗正宗鲜美的鱼汤面的制成,并不是那么容易。

一碗鱼汤面的精华,就在于它的汤底。纯正讲究的鱼汤底,选用的是里下河的小鲫鱼、长鱼卡(即"鳝鱼骨")、猪大骨,下锅煸炒,慢火炖熬,直到汤浓色白,鲜香四溢,一碗纯正浓郁的鱼汤才算是熬成了。

原材料的新鲜度很重要,因为鱼久放即腥。而鱼汤最理想的境界,当如汪曾祺笔下的那个爱钓鱼的医生所做:他"随身带着一个白泥小灰炉子,一口小锅,提盒里葱姜作料俱全",钓上几条"三四寸长的鲫鱼","……刮刮鳞洗净了,就手就放到锅里……这种出水就烹制的鱼味美无比,叫做'起水鲜'。"汪曾祺生长在高邮湖畔,那一色的湖鲜里,大约那一碗碗鱼汤面也曾滋养其温润醇厚的性情。

我们生活环境所限,几乎少有人能尝到汪老笔下的"起水鲜"了,然而鱼汤馆的店主替我们做了接近"起水鲜"的努力。每天天不亮,店主就需把鲜鱼、大骨购置齐、收拾好，风雨寒暑皆如此，个中艰辛可想而知。于是，柴火的噼啪声和汤水的咕嘟声，伴着升腾的白蒸汽，在每日的晨光熹微里，耐心等待食客的到来。面条客点即下，而后将汤、面盛入一个早已提前配好胡椒盐的白瓷大碗里，再撒上新鲜的青蒜叶，勾动你味蕾的一碗鱼汤面才得以大功告成。鱼汤与面条各是各的柔润细滑，胡椒辛香解腥，蒜叶又在此之外，多了一层碧翠可人，几相配比，相得益彰。

大自然不吝啬的馈赠，加上烹饪者的辛劳、守信、耐心，才能熬制一碗暖胃暖心的鱼汤面。

我也总固执地认为，要寻得一碗正宗的鱼汤面，只能在街巷四邻的口碑中寻得真味，热心的邻里往往会指给你一个不起眼的街边小店，桌面或许是油腻的，卫生或许是堪忧的，人气却是超旺。混杂着鱼汤鲜香与人声鼎沸，这时你便知道自己"走对了"——因为人们的胃只会做最忠实的投票。而我也曾走入一家连锁品牌饭店，点上店里的招牌鱼汤面，然而一入口，就知道"错了"，"浓汤宝"或"高汤精"的味道明白无误地传递给你的味蕾，那看来色白如牛乳的浓汤，却让人无比怀念那碗原生的、哪怕粗糙的鱼汤面。

幸而，我们的街边小巷，那些用心经营的鱼汤面馆仍静静地伫立在城镇的晨光熹微处，"老凤城面馆""高邮鱼汤面""宝应鱼汤面""姐妹鱼汤面"等，或以盛产水鲜的地域冠名，或以店主身份、姓氏等冠名，不花哨，接地气，从无广告，只赖口碑，在每个清晨给人们带来热腾的实在的温暖。

来碗鱼汤面，享一份温暖的慰藉。

闲话荸荠滋味长

如果向一个没有吃过荸荠的人描述它的味道，还真让人为难。清脆似梨，却没有梨肉的渣渣；甘甜似蔗，却不似甘蔗的冰凉；黑紫中泛着光泽，昭示着里下河水生植物特有的风姿。

荸荠总让人联想起娇俏可人的小姑娘。譬如周作人的一首小诗，写女孩儿"小辫朝天红线扎，分明一只小荸荠"，那欢快跳脱的背影就如在眼前了。又譬如在汪曾祺的小说《受戒》里，那个让你觉得说话一定漾着脆生生甜意的英子，最爱吃的食物就是荸荠。以至于英子的爹爹把一半本可以用来种粮食的田地，用作了种荸荠。年少不知忧的英子和明海在田里快活挖荸荠的场景，也成了两小无猜的美好回忆。

小时候生活在泰州下坝口，荸荠就是小娃们喜爱的零嘴水果之一。20年前的小孩子更喜欢生吃，咬一口，水漾漾的满嘴，沁凉清甜直入喉肠，比如今超市货架铺满的饮料不知舒爽多少倍！天然多少倍！

然而生荸荠性凉，不宜多吃，又兼如今泥土环境不比从前，生荸荠里难免有寄生虫，所以大家大多煮熟了吃。高温熬煮下，也自多了份醇厚绵软、清润回甘。

荸荠不仅可唱独角戏，与其他食物同台合作，也自成一种美味。荸荠可切片，和青椒、木耳、肉片搭配同炒，既不会盖过其他食材的味道，又可助生津消食，不妨大快朵颐。

曾有一阵工作在扬州，爱吃扬州狮子头，比之家常制作的浓郁肉香外，多了肥而不腻的醇厚绵长。后来请教懂行的前辈，才知道这肥而不腻的秘诀，在于肉泥里是掺了荸荠丁的。难怪，绵软肥厚的肉泥，与清脆甜香的荸荠丁相遇，中和了油腻，又滋长了肉香。

荸荠实在是一个好相处的食材，可荤可素，与水果等相处也融洽得很，且有养生的功效。荸荠和甘蔗同煮，就是广东人用作甜汤的"甘蔗马蹄水"，清火生津。荸荠亦可入药，儿科中成药王氏保赤丸里，就有荸荠配伍其中，主要起消食导滞之效。中医尤爱这药食同源的荸荠，曾有《咏"荸荠"诗》云："荸荠味甘性滑寒，润肺解毒能化痰。儿童多食促发育，善降血压治便难。"这看似不起眼的黑紫色小疙瘩，竟有着如此妙用。

而如今的秋冬日，常见雾霾横行，抑或天气干燥，容易引起身体不适、心烦口渴。然而大自然恰恰让这能清肺润燥的荸荠生长正当其时，愿意赐予辛劳勤勉的人们这一天然疗愈的恩物。若在秋冬季节，煮一碗清甜的荸荠水，连汤带果吃下，胃是暖的，心是甜的，所以古有谚语说"冬日荸荠赛雪梨"，当真不假。

这样的荸荠，就成了里下河水乡最寻常也最可亲的一种存在。

记得有一年年初开学季，我的一个即将到东北上大学的学生，在微信朋友圈里抱怨：妈妈给她的行李箱里塞满了各种家乡食物，其中竟然还有三斤荸荠……我哑然失笑，因为知道荸荠水分多，不能久放，极易腐烂变味。可回头想想，心中忽然一酸，又很能理解这位妈妈：儿行千里，这些看似"累赘"的行李里，载的是沉甸甸的乡情啊！

藕花深处

"江南可采莲",因而莲藕成了江南水乡特有的水产,一直蔓延到里下河水域。

"莲,出淤泥而不染,濯清涟而不妖",宋代大儒周敦颐的句子早已在孩童口中传唱。莲的气节,在莲花根部深埋淤泥下的莲藕身上,彰显无疑。那莹白的色泽、筋骨分明的藕节,代表着一种洁身自好的节操,被里下河人民所赞赏。

而莲藕也不因文人骚客的赞美,就变得高傲不可一世。它是里下河水乡人最亲近的朋友。人们把莲藕当作入馔的好食材。最著名的如桂花糯米藕,在水乡周边城镇盛行着。然而我最喜欢的,还是我小姨娘(家乡泰州方言,指妈妈的妹妹)烹制的,她说做糯米藕一定得选老藕,切片后在藕孔中塞上糯米,再用长竹签扎紧成全藕,放入大锅,加水,放入红糖。小姨娘甚至找来传统的煤炭炉子,慢火炖熬七八小时。莲藕在红糖水的熬煮下,由莹白变为诱人的赭红色泽,而原本的脆甜口感也转为松软,配上黏糯的江米,起锅再点缀金黄的糖桂花,温润的甜香就这么溢于空气中,令观者赏心,闻者驻足。我想着性格本泼辣的小姨娘,竟能在煤炭炉前用漫长的时光为亲人守候一锅桂花糯米藕,就觉得每一次下箸都是珍视和感动。

我常常觉着,里下河馈赠了人们这天然的物产,而里下河人又以灵心与耐性,让莲藕和糯米佳偶天成,赋予食物一种新的生命形式。

从里下河走出的作家汪曾祺,就是被这桂花糯米藕滋养大的一代人。绵密的滋味也变成了绵长的思念,以至于汪老后来定居遥远的北京时,还专门写了一篇名叫《熟藕》的小说来慰藉乡情。

除了糯米藕,里下河人在莲藕上还翻出了更多的巧思。如《红楼梦》里那些与淮扬菜系渊源甚深的美食中,最令人向往的甜点实在是"藕粉桂花糖糕"。想来一定是色凝如玉、清甜糯软的消食好物，可惜未曾一睹真容。却有幸得尝另一种藕粉制成的佳品：藕粉圆子。扬州东关街有一家叫"粗茶淡饭"的店铺，店面本不起眼，却常常客满无座。我和所有的光顾者一样，都惊奇于藕粉圆子的莹润弹牙，一口咬下，软糯的背后是芬芳绵密的糖芝麻馅料，待它悄然在齿间融化，甜香的回味却余韵不尽……

脆粉随心，荤素随人。莲藕也是可以搭配肉类、中和油腻的好帮手。里下河人家中来客，会很欢喜地炖上一盅莲藕排骨汤，既有隆重待客的意味，又有为你的胃周到照顾的情味。有时又会模仿东北菜般"乱炖"，莲藕加上茄子、豆角、玉米、肉片，配上豆瓣酱炖为一锅，又别是一番风生水起的滋味。

所以啊，这莲藕真是个好相处的食材。而里下河的人们，也像这莲藕一样好脾气，任何嫌隙在水乡风物的润泽下，都消弭了火气，变得温和谦逊起来。

秋风起，看那藕花深处，一行行渔船顺流而下，采藕的农人不畏辛劳，满载着丰收的喜悦归家了。

留下我，继续怀想这风骨与亲切并存的里下河莲藕……

悠悠秧草情

我第一次吃秧草，还是南通海安老家的姑奶奶托人送来的。

"田头的秧草子多得吃不掉咧，我又采了不少腌起来。你们不要舍不得吃，没了我再叫人带给你们！"姑奶奶豁牙漏风的亲切乡音从电话里传来，给我久违的温情与感动。

那是我第一次接触秧草这个菜。一碟子腌秧草，不起眼的黄绿色泽，一入口，就很惊奇于它那酸鲜可口的滋味，配粥配饭，竟都能化平淡之物为奇妙的美味。

但后来究竟没有再吃到，姑奶奶年纪大了，我们回去看她，她欢喜的热情，终究掩盖不住蹒跚的脚步。家里人不准她辛苦忙活，她安下心来，在田垛头闲闲地晒太阳，或侍弄自己的一点小菜园。不用操劳，自得其乐，我们也觉安心。

可是一直想着腌秧草的那个味道。在超市买过玻璃瓶精装的秧草菜，真不好吃，味精提的鲜味如此嘈杂，细细的秧草倒成了配角，就是那么假，实在乱不了真。

之后远行求学，七年时光，遍尝连云港的甜桃与海鲜，南京的粉丝和板鸭，地域风情，各美其美，可心里记挂的，却仍是生养我的里下河地域产出的特有蔬鲜。特别想家时就会特别馋，也不想求多少花样，就来一碗最简单朴素的开水烫饭吧！再配一碟腌秧草炒毛豆，黄绿配青翠，准保风卷残云、齿有余香。

后来吃到秧草，是在结婚后。从泰州海陵嫁到扬州江都，同处里下河地区，地界临近，风物相似，习俗却有些微不同。在冬至、元宵节、清明节这些节令，在家乡海陵不常吃到的秧草圆子，这里是作重头戏的。每年节前，婆老太（江都方言，即先生的妈妈）都要包秧草圆子，并要为此忙上好几天。

翠色的秧草收割下来，俏生生青漾漾。秧草本是田头遍生的廉价菜，然而要做成秧草圆子，却耗时耗力。挑去杂草老筋，焯水脱水，刀切剁碎，再配上碎肉丁，做成美味的馅料备用。之后，再用早已准备好的、江都宜陵舅舅自家磨的江米粉，揉成软糯莹白的圆子，包裹清鲜碧翠的秧草馅料，放入家里的土锅灶头里，农家厨房里，柴火噼啪作响，蒸汽咕嘟升腾，一碗热乎乎的秧草圆子就端上来了，咬一口，黏软之后是清新的鲜味，尘世的幸福莫过于此。

不过婆老太一辈人，对秧草却有复杂的情绪。婆老太总跟我讲秧草不宜多吃："我们那时候没得吃，天天吃这个田头的草，吃多了'剐人'。"我一开始不太明白"剐人"的意思，后来琢磨着大约指"伤胃"，秧草能"刮油"，搁现在人们自然乐意多吃来解油腻，然而贫苦岁月本就少油少荤，田头随割随长的秧草，一开始是农家下饭的恩物，然而日日吃它，对本就缺少滋养的胃实在是种煎熬。

旧时苦难的记忆在一茬又一茬生长的秧草地里日渐消散，而如今的我们，常年在市井喧哗中生存，对这来自泥土的鲜蔬小菜总怀有别样的温情。秧草也从当年仅供下饭的小菜，成为如今受里下河人们特别礼待的时兴春鲜，人们把这不起眼的小小秧草与新捞上的河蚌同烧，鲜香无可比拟。更高档的酒店席面，会以秧草佐河豚，我在泰州高港等地曾经品尝过这道名菜，河豚引来江水的嫩滑，秧草又带着土地的清新，自是美不胜收。除了与河鲜江鲜搭配烧汤，泰州海陵的一些早茶店，还供应秧草包子，松软的麦香下是鲜嫩的秧草馅，与常见的青菜包比较，别有一番温婉轻灵的鲜，也是其他地方少见的美味。

如今早春的风荡漾在田头，料峭的寒露缀着小小三叶草，更显鲜嫩欲滴。这轻灵的春风从南通海安、扬州江都，吹荡到泰州海陵。尽管按区划我们隶属于不同的城市，但是奇妙的亲缘连接，相似的风俗习惯，都由绵长悠远的里下河贯穿起来，情谊是不改不变的。

街巷口的炸臭干摊子

一次偶然骑行到老城一处街巷口,看到许多人在排队,顿生好奇。

停车细看,原来是个炸臭干的小摊。人多,必然好吃,偶遇,就是缘分,想到这里,本是过路人的我,也心安理得地排起队来。

掌勺的是一个中年女人,中圆身材、小麦肤色,戴着厨师帽,还套了一身白色的长袖厨衣,显得清爽、专业。女人炸臭干的动作也极麻利——左手抓起一大块四方的灰白色豆干,右手操刀飞速将其切成小块,随即放入油锅。豆干一浸热油,软白嫩很快在滋啦作响的沸油中蜕变成焦黄酥,周身被裹上一层金黄膜,并迅速膨胀起泡,焦香与豆香同时四溢,混合成一股更复杂浓郁的香味,沿着众人的鼻息直蹿舌尖味蕾。此时等待的食客肚中馋虫被一次次撩起,却因排队还没轮到,只得按捺住口水,继续等待,如此反复几次,终于排到自己时,仿佛过了一遭千回百转、跌宕起伏的人生,虽不至于喜极而泣,心急吃烫嘴的倒是不少。

女人旁边的男人管收钱等杂事,应是她丈夫。熊腰虎背,黝黑皮肤,四方脸颇显英武气。特别忙时,后面排队的食客纷纷踊跃想先把钱付了。他果断阻止,声音如洪钟般响亮:

"不着忙把钱!等排到了再说!"那镇定气派,如指挥若定的将军。

"哈哈!你家不差钱啊!"亦有食客打趣。

"你说笑了,大家一个个来,不然忙乱了,说不清啊!"他对那客人爽朗一笑,话语里亦有小生意人的质朴和谨慎。

除收钱,男人也兼打包高汤锅里的回卤干子。女人把另一部分大白豆干不切,入油炸四分焦,再倒入旁边的高汤大锅。这回卤干购买时不用等待,顾客随点随捞,一掀锅盖,热气腾腾鲜香四溢,男人给干子浇上高汤,再配以海带丝、豆芽菜提鲜。咬一口,回卤干口感外韧内软,又饱蘸鲜汤滋味,打包回家，又是一道可上桌慢享的小菜。

快要排到我了，男人才问我点什么。

点好、付款完毕，前面还有两个人，我不放心，把所点食物再叮嘱了一遍掌勺的女人。排在我前一个的精瘦大爷对我说：

"你讲一遍他们就已经记得啦！你看我跟他们讲过我要哪几样，就不用我再烦神了，逸逸当当站这等就行了。"

大爷显然是老主顾，语言里流露出对摊主的信任，似乎也有身为老主顾向他人打包票的自豪。

再回看忙着炸臭干的女人，手里依旧忙碌，但圆圆的脸上却漾出一点笑意，有点腼腆又有点自豪。女人对我俩说：

"快到你们了。"

"不得事！不着急！听你喊我们！"我和大爷都爽快应声。

很奇怪，在别的地方排队，往往焦躁、不耐，乃至怨愤。可在这里，人们却丝毫没有争抢之心。等待的间隙，我看头顶的老银杏树，摇曳着伞样绿叶，光影斑驳，蝉鸣声声。面前有热油滚滚，可老巷里的人心却安宁、悠闲。

其实巷口临街就是本市繁华商区坡子街，毗邻的银行、商铺、学校鳞次栉比，一派热闹喧嚣。可人们一走进老巷，顿时就变得温厚安静。电瓶车打这儿经过，排队的人自觉向前靠拢，骑行车主也默契地缓缓通行。毕竟，热爱美食的人们总能得到充分的理解。也有像我这样的路人，被吸引下车，加入到排队行列。毕竟口碑，是最鲜活的广告。

终于拿到我的炸臭干了！咬一口，外皮的焦酥脆香爆裂开来，舌尖随即触到里层绵软的部分，经唇齿间糅合，吃出绵密的层次感。对了，炸臭干的最佳口感就在刚出锅的这一刻，热烫烫的入口才美！要是等带回家再吃，表层的酥脆外皮会在热气影响下变得软塌塌，七魂六魄丧失殆尽，到底只余形似不存神韵。

一定还要配上摊主自家磨的水大椒，这也是本地特有的美味蘸料。想起我的一高中同学留学后定居大洋洲，每年回家，都会往行李箱里塞上好几罐水磨大椒，为的就是自小就好的这一口水润鲜辣味道。

但念念不忘的炸臭干却是带不走的美食，她只有每年暑假带娃回乡探亲时，才能来到熟悉的街巷一饱口福。

总有那么几样立等可吃、过时不候的小食，曾经抚慰了我们贫瘠而无忧的童年，也所幸它们并未走远，偶然一遇，顿生怀旧温情。

小巷臭干香

老城涵东街的袁家臭干，闻着臭，吃着香，就像这小巷里的质朴人情，不起眼，不张扬，却历久芬芳。

这家炸臭干店并不好找。我骑着"小电驴"在海陵老城的涵东街、徐家桥兜兜转转，周边有青瓦砖桥，有斑驳里弄，却愣是找不着微信朋友圈里很受热捧的袁家臭干。

我是被同学罗燕的朋友圈吸引过来的。罗同学在微信发布国庆假期状态："我是个念旧的人，听说吃了20年的袁家臭干国庆节期间又开张了，特地驱车来品尝小时候的味道。小伙伴们快来，只开7天哦！"

配图是一个穿蓝褂子、套白围裙、鹤发童颜的大爷，手持长竹筷，正搅动大铁锅里已鼓胀起泡的臭干子，垂眉敛目，专注手中，好像深藏功与名的世外高人。

我以前在外地求学工作多年，没正经关注过家乡小吃，回乡后，才发现泰州炸臭干界，真是一个卧虎藏龙的江湖。

譬如我在陈西街附近办事，见一巷口排着长队，圆脸女人主炸臭干、油端子，方脸男人主收账、卖回卤干，风风火火，有声有色；又譬如走到文峰商场对面的小巷子，才发现小时候常吃、后来匿迹的瘸奶奶炸臭干，原来在这个不起眼的角落重新开张了，许多熟客已在此等候；还有印象深刻的，是一次到图书馆借书，看到一奶奶在护城河边摆的摊子，小方干在油锅里滋啦作响，五块钱买一串，配上水大椒，颇为酥香，亦有熟客指点："城河北边是她家爹爹的摊子，我们喊他们俩'神雕侠侣'！"果然是江湖处处藏高人！我不禁啧啧称奇。

如今，这家袁老大臭干，又因几近金盆洗手的神秘感，引起了我的好奇。我实在想不通：一家炸臭干铺子，为什么只在节假日7天开张，如此"任性"，似乎不是做生意，而是探亲会友？

兜兜转转，问了几位上了年纪的老人，我终于来到小巷深处的里弄，看到了朋友圈图片里熟悉的门："袁家臭干"的标牌贴在斑驳的木门上，旁边还有一排粉笔字："国庆节 7 天营业，其他时间请到步行街旗舰店品尝。"这任性的经营，究竟藏着什么玄机？我怀着疑惑，探头走进。

一进门先见几个食客早已坐定，各就着一个搪瓷盆津津有味地吃起来。对面即是正在油锅前忙活的袁大爷，朋友圈已见过其照片，一把长筷在油锅里搅动的从容姿态，丝毫不差，一块块长方形灰白豆干刚入油锅，一浸热油，白嫩豆干迅速鼓胀起泡，蜕变成酥黄模样，夹杂豆香焦香的奇异气味直蹿鼻尖，我肚里的馋虫也不禁挠挠作痒。我暗暗咽了口水，问道：

"大爷，炸臭干怎么卖的？"

"6 块钱一份。"

"来两份。"

"好嘞！"大爷中气十足地答应着。

"姑娘，坐里面等吧，这天，外面凉了。"一个温和的声音从后面传来，我才注意到屋里有一位上了年纪的大妈，灰白头发齐整地挽在脑后，手上正做着活计，看着我和气地笑。

"好！"我感到一阵暖心，这臭干摊子本就在民居中，一进屋内，亦有家的温暖。大妈接着跟我说：

"姑娘你稍微等一等，刚才有人家电话预订了 30 块钱的臭干，马上来取。"

"不着急，我是在微信看到同学的介绍和照片，好奇才过来。"

"是吗？"大妈有些惊讶，"还有照片？"

我把朋友圈的照片递给她看，大妈一见老伴照片在陌生人的朋友圈，顿时像小孩子样乐开："嗨！老袁，你看，你成名人了！"

袁大爷仍眼看着油锅，但嘴角已咧开笑意。

大妈感慨起来：

"我们也不要人多，也就熟客晓得这里，我们也不宣传。"

我奇怪，于是问：

"买的人越多，不是应该越欢喜吗？"

大妈连连摆手说：

"姑娘你不晓得，老袁已经72啦！做不动咯！这不是因为以前的老邻居老跟他讲，想吃我家的臭干，其他地方的吃不惯！我们这才折中，迎中秋、迎国庆、迎元旦，恰如节假日跟老街坊朋友聚聚。"

一旁的袁大爷也笑着搭话：

"他们过过嘴瘾，我嘛，也过过手瘾。炸了几十年的臭干，现在歇下来，也蛮想忙的日子呢！"大爷又皱眉回忆：

"不过，当年家家拿着瓷盆，队伍排到巷口，我们用扑克牌做成取号牌，大家按号取臭干的日子，也忙得够呛……"

"你也要悠着点！"大妈嗔怪，"你是有高血压的人……"

"姑娘，臭干好了！"说话间，大爷已把臭干炸好，用搪瓷盆端来。一股浓郁酥香直扑鼻尖，还搭配着一小碟酱料。

"这酱是我家自己配的，端着吃更有味！"大爷特意提醒我。

我说声谢谢，赶紧蘸酱趁热品尝：一口咬下，鲜辣的酱料包裹酥脆的表皮，而后触及里部软嫩豆干，杂糅为齿间柔韧绵密的层次感，让人想起儿时在巷口解馋的温情岁月。

"怎么样？"大爷问我。

"好吃！"我给大爷竖起大拇指。

大爷又是哈哈一笑。

于是和大妈闲谈。才知门口写的"加盟店"，不是他自家开的。大爷大妈的儿子自己开建筑公司，儿媳妇在一家会计事务所上班，小两口的日子过得风生水起。

"不过啊，我们这口锅子，他们是彻底丢下了！"说着，袁大爷不禁感慨。

"老袁你也真是，儿女自有儿女福，再说现在来加盟的两个伢子，不也传了你的手艺？"

大妈告诉我，加盟的两个年轻人，都是大学生，听人说起袁家臭干有名，好不容易找来。旁边另一位买臭干的阿姨于是问道："这加盟费不少钱吧？"

"哎，没有！"大妈连连摆手，"哪能收人家孩子的钱？再说了，我们有退休工资，虽说不高，但我们老两口日子还过得去，不拿这些孩子的辛苦钱！"

本不多话的大爷这时也说道："年轻人创业不容易！现在做生意，哪有个保准？今天开得红火，过几天就关掉的，我们也看得多了……况且炸臭干本来就是个辛苦交易，人家是大学生，还肯吃这个苦，不容易啊！"

"那他们的臭干从哪里来呢？"

"我手把手教他们炸臭干，大学生很聪明，上手也快。"袁大爷一脸欣慰地说，"我们也就收一个卤臭干的成本价，其他一概不收……"许是想起自己早年支摊创业的日子了，袁大爷这番话说得极为郑重。

锅里热油滋啦作响，臭干也热闹翻腾着，我忽然对这寻常的场景，生起无限感动。

临走的时候，大爷大妈热情招呼：

"元旦开张，再来！"

"好嘞，一定再来！"携着酥香与暖意，我离开了涵东街的这条里弄。心却久久怀想着大爷大妈的点滴话语。

其实，老城区的很多人与事，都如这炸臭干，外表不起眼，需要老卤的岁月积累，经受卤制的辛苦，高温锤炼后，质朴人情中，又别有一番酥香。

打笆巷的早茶店

"打笆巷"这个名字很有古风,"打笆"作为手工行业虽然早已成为历史,但是老巷名仍可看作一个城市的时代记忆。如今,这片巷口的风生水起,源于另一些手艺人的辛劳与智慧——早茶店的店主们。

泰州人丰足的晨光,从一顿早茶开始。

我私下以为,想吃正宗的本地早茶,倒不一定要去最热闹的商业街里那个名气最响的连锁品牌店,毕竟,人流太旺也会成为我们这些普通食客的负担,远远见一辆接一辆的旅游大巴停靠在那里,让你可以预见,从排队到点餐再到上桌等待的时长,已足够消耗你对一餐美味的期待,这实在是划不来的交易。况且,连锁化、流水线虽然更科学更精准,但到底少了小巷店铺明档烟火气的家常。所以,寻正宗的泰州味,不如到本地居民常去的小巷里,品尝地道风味,感受市井人情。

很奇怪,打笆巷的早茶店都是双双对对的。譬如油条店有两三家,都特别用大字在店牌上注明"无矾油条",给日益重视健康的顾客以安心。但是最惹眼的仍是泰州吃货们用口碑和排队投票的"悠悠香油条",早间的排队常常超过十人,他家的油条色泽金黄,确实不似加了明矾的油条那样膨大多孔,更酥脆更扎实,时间长了也不会软趴趴,更为画龙点睛的是外皮上撒了一层白芝麻。一口咬下,先是芝麻爆裂的醇香,再是外皮的酥脆,最后里层仍保有面团的麦香与柔韧感,绵密的口感层层交叠,赋予晨起的你以满满的元气。店里还有麻团、五香蛋、豆浆、豆腐脑,任君搭配。或者你买根油条,到隔壁的鱼汤面馆泡着吃,也是不错的。

隔壁的老凤城面馆,已经开了十几年,掌勺的老板个头高大,浓眉深目,看起来很是沉稳精干。时常有白发老婆婆来点一碗饺面,再拿一个大搪瓷缸打包带走两份。老板见是熟客,捞面间隙打个招呼:"奶奶早啊!给你家细伢子打包啊！"

"是的，他们起不来哦！"老婆婆慢悠悠地答道。

这家老板以前是富春饭店的师傅，富春是老泰州人心中的一块招牌，鱼汤面的手艺，也得以从华堂雅座上，走到市井巷陌、烟火人家。很多老客都赶早来一碗鱼汤面，为的就是那口纯正好汤。天不亮，老板就开始在店里忙活，把长鱼卡（鳝鱼骨）、野鲫鱼入铁锅翻炒，再倒进大钢精锅，大火烧滚，转文火炖熬，汤汁色泽奶白、入口润滑，很能安抚晨起空旷荒凉的胃。吃上一碗厚实鲜香的鱼汤面，即将开启的忙碌一天，也仿佛充盈力量与盼头。所以，泰州人好一口早茶，不是没有原因的。老板忙到八九点钟，人稍微少一点时，才自己坐下来，下一碗鱼汤面给自己吃，忙碌，实在是一种甜蜜的负担。

再往前走上十几步路，就看到高邮鱼汤面馆的台面了，老板把锅灶都搁在店门外，明档制作，看的放心，吃的安心。这家店2015年入驻打笆巷，凭着食材地道、物美价廉，在巷里也打出了一片食客江山，作为后起之秀，如今口碑和老凤城不相上下。

虽说一般商家会避免同质化经营，但毕竟打笆巷存有古风，各家店铺也都是各守阵地，和气生财。再想一想，这种经营方式也起到良性竞争的效果，避免了一家独大可能带来的懈怠。各家若想生存乃至发展，必须保证食材的品质，没有必要偷工减料砸自己的口碑。毕竟，食客的嘴也刁得很。所以每家也都有各自的顾客群体，甚或食客隔天转场也是很自由，毕竟，打笆巷里有这么多宝藏。

高邮面馆的鱼汤和老凤城原材料略有不同，是用小杂鱼炖熬，又是另一种鲜香醇美。这家店的面条有两种，老板看客人点餐，都会多问一句："宽面还是细面？"我习惯选细面，热腾腾的汤面上桌，先吸溜完细长有劲道的面条，再享受面前这碗奶白浓汤，口腔间或蹦出几颗药芹粒，清脆的口感中和了鱼汤的油腻，真是很智慧的搭配。

这家店由小夫妻俩经营，男人掌勺下面，女人收银料理，两人俱是眉目清秀、言语不多，另请了一位上年纪的阿姨端碗和打扫。

我吃到一半,听女人对正忙着的男人说:

"你姑娘要吃了,给她弄点东西吧!"

这时才发现在店里乱晃的小姑娘,是店家的小孩。小姑娘五六岁,穿蓝花裙子,肥肥短短的小腿,很是懵懂。大人喊她,她就乖乖坐在爸爸旁边的桌上,等大人端一小碗鱼汤馄饨到面前。店里太忙,她就自己用小勺舀起馄饨。

"小心烫啊!"

锅台上正忙的男人似是忽然想起,回头对女儿讲,小姑娘也就赶紧缩回正准备大嚼的小嘴,笨拙地给碗里的馄饨吹气。

我看着,生出温柔的感动,狭小拥挤的巷里早茶店,藏着太多温情的故事。

饺子里的乡愁

定居大洋洲10年,小静已经适应了当地生活。可是离家太远,总会思念。异乡人慰解乡思最好的办法,就是吃一顿家乡食物了。大洋洲也有很多中餐厅,但适应当地口味的"改良菜",终究让人寻不着故土童年的记忆。曾经十指不沾阳春水的小静,如今身在异乡,为解心馋,跌跌爬爬,熟习厨界十八般武艺。

今天,她决定包饺子。

不过在异国包一顿饺子,可得一番折腾奔走、颇费周章。

饺子皮倒还好,在华人超市里有包装齐整的卖。馅料备齐可不容易。小静的家乡地处苏中里下河区,家乡人不喜油腻,尚清淡,比起纯肉馅饺子,更爱在馅料里佐之青绿蔬菜,增加饺子的清鲜口感。少年时代的味觉习惯印刻在小静的心里,远渡重洋也难以改变。

现在小静就要循着家乡味,准备韭菜肉蛋和药芹肉蛋两种馅料。肉蛋自是容易买到,韭菜也可在当地亚洲超市得觅踪影。最难办的是芹菜。大洋洲随处可见的,是根茎粗大的西芹,汁水丰盈也是炒菜佳品。然家乡人极少用西芹做饺子,里下河水乡人吃惯的是药芹。"西芹哪好吃?包饺子当然是细长长的药芹入味!"小静想起妈妈兰珍的笃定告诫,不由笑笑。

其实小静今日决定包饺子,也是因为碰巧在布里斯班的越南区,寻到了久违的药芹。这芳香浓郁的药芹不拿来包饺子,简直就辜负今日的一场意外邂逅。

食材终于备齐,小静就在厨房忙碌开了。她笃信妈妈和阿婆的守则:亲手剁的馅料,才能保存食物的本味。毕竟料理机打碎的食材,搅碎了肉的筋骨、菜的纤维,终究会剥夺唇齿间咀嚼的细腻感受。小静虽没正经学过做菜,可小时候看惯阿婆和妈妈的忙碌,于是有样学样,将药芹和韭菜焯水,"锵锵锵"麻利操刀，将蔬菜与肉蛋剁细备用。

锅铲齐上，调油翻炒。而后，用里下河人惯用的方饺皮卷两卷，再对折，包成元宝状。可以下锅了，电炉里的沸水热火朝天地翻滚着。最后，在葱花酱油汤里，一个个莹白中透着碧绿菜馅的饺子，终于惬意地安放在白瓷碗中。

等待先生下班、孩子放学的间隙，小静满足地看着元宝饺子们，拍照片上传到朋友圈，附上文字感慨："忙了一下午。"很快就有人点赞，赶忙一看，头一个心形图案，就是妈妈兰珍点亮的，并附"姑娘真棒！"和三个大拇指图标。兰珍女士爽利泼辣的声音如在耳边。隔着手机屏，隔着大洋彼岸，小静忽然想念起妈妈最拿手的荠菜馅饺子了。总有些美食，只有家乡才有。小静想着，等明年孩子春假，一定要带他回家，吃荠菜饺子，看"春在溪头荠菜花"。

而此刻，桌上的饺子们，还在静静等待思乡的人下箸品尝。

冬日里的小美好

  这时节的青菜最好吃。经冷霜打过，矮脚青菜里的淀粉转化为葡萄糖，沉淀丝丝甜味。友人从老家田地里摘了一大把，我当然不能辜负这天然的恩物。换着花样上桌，顿顿也吃不腻。清炒已存其本味，与其他食材搭配也相宜，素一点的可与豆腐、平菇相佐，是来自田野的清鲜；高配版的是青菜烧占肉，最美的占肉是加蟹黄的，金风玉露一相逢，便胜却人间无数。

  中午吃不完的，晚上拿来做青菜掦饭。"掦"字是里下河地区方言，"掦"的手法很随遇而安，炒菜手艺不必很高明，就将中午剩下的白米饭和青菜占肉一股脑倒进铁锅加热，用锅铲随便翻炒拌匀，此时占肉也随之碾碎，青菜在二次加热时，由碧脆清甜变得软烂入味，米饭吸饱菜肉香味，又显出油汪汪的色泽，令人食指大动。喜辣的，起锅时拌一点本地常见的水大椒酱，伴着辛辣鲜香，身体升腾起无限暖意，所有严寒都能隔断在外。

  白菜也是寒冬里为数不多的鲜蔬。

  白菜烧虾米就很好吃，菜帮的清甜掩住了虾米的微腥，只扬其鲜美，来自泥土和海洋的味道各美其美，美美与共。想起汪曾祺在《胡同文化》一文中，也写到"虾米皮熬白菜"，他说北京人对白菜饱含感情，"北京人每个人一辈子吃的大白菜摞起来大概有北海白塔那么高"。汪曾祺被誉为"中国最后一个士大夫"，他常常对笔下的食物坐而论道，悟出"君子和而不同"的意味。

  当然不止北方，苏中里下河区的人们，也对白菜青睐有加。婆婆在江都乡下还有小小的自留地，每年冬天，婆婆都喜欢捯饬白菜。她喜欢白菜不用怎么治虫，长得墩胖壮实，又能在寒天里存得住。我们一回老家，老太太常换着花样给我们做醋熘、炝炒、炖煮白菜。

  清寒的冬日里，驱车归家，远远望见老灶头蒸腾起阵阵白色水雾，让久在车马喧嚣中的我们，尤感妥帖温暖。

寒天里鲜蔬究竟种类有限，旧时岁月里，腌咸菜也就填补了这一缺憾。

也喜欢佐一点儿咸菜。那是需要耐心等待的食物，所幸有漫长的冬日陪伴等待。

腌咸秧草就很好。秧草是上得厅堂又下得厨房的，有小富即安的适意。腌秧草，不知和岁月达成了怎样的协议，发酵后的味道尤其让人难忘。发酵后咸鲜又带微酸，大概人天生对乳酸菌发酵的食物毫无抵抗力，安抚了厌烦油腻的胃，平淡无奇的米粥也变得生动。

醋泡姜，也是冬日佐食的佳品，可随做随吃。将鲜脆多汁的仔姜切薄片，泡上掺有白糖的白米醋，剩下的就交与时间了，所幸有漫长的冬日陪伴，等待也不难熬。大约一星期后，仔姜片呈现微微粉色，即可取出佐粥。醋泡姜不仅可口，也符合中医调和养生的理念。姜属辛，有宣发之效，然醋属酸，有收敛之功，两相调和，共存相生，食物双方都呈现自己最好的状态。

相同的方法，还可做蜂蜜渍姜。姜的辛辣，在蜂蜜甜味的温润下，也消弭了火气，有丝丝入扣的暖意存在心里。

腊八蒜更辛烈一些，但也是与季节呼应的食物。制作起来并不烦琐，泡腊八蒜的器皿须干净，用开水烫一烫，加山西醋，将大蒜头一瓣一瓣浸入其中。蒜头在里面安睡发酵大约 20 天，色泽就从原本的莹白变成碧翠如玉，酸辣开胃。

只有低温激活休眠的蒜酶，才能使腌好的蒜颜色碧绿，所以腊八蒜最好的腌制时节是腊八前后。过时不候，是腊八蒜的骄傲。

还有奶奶做的酱腌豆，友人晒制的萝卜干……一罐一罐，放在食品架上，人心也很充实。

整理好这一切，就可以熬一锅粥了，白米粥就好，用砂锅小火慢炖，坚硬的稻米渐融渐细腻，至米香馥郁，交给时间和耐心，一切都会妥帖安适。

冬日的家里也需要一点颜色。盆栽的菊花经冬不凋，砖红的色彩，明丽不妖娆。冬日网购鲜花，也是明智之选。从彩云之巅的昆明快递来的向日葵花苞，在低温下损害尚少。在深桶水里养五六天，花骨朵就全开了，阴雨连绵的日子里也绽放绚丽光彩。

然后呢，然后就读一首小诗。顾太清的诗句就很好："绮窗晴展画，红烛夜敲棋。"屋内氤氲的雾气，模糊了窗外的风雨，一切都恰在时节。

舒马赫有书《小，即美好》。特别喜欢这个名字。无论世界扬起多少风起云涌的宏大，我们都可以在一方经营一点儿小美好。

冬日里的一切小美好，都因时间的勾勒而愈加生动。

树树皆春色

我所任教的中学，有一处葱茏掩映的小花园，碧波荡漾，曲折廊桥，倒也像一处小小桃花源。

其实，大约每座校园都会有这么一处小花园吧！只是，这里于我意义不同。当年我就在这里求学，这些年在外地辗转奔波，如今自己又考回母校任教。岁月倏忽滑过十数载，而小花园仍是当年的模样，我对这里，竟有种失而复得的珍重。

工作很忙，但每次走过小花园，总会匆匆留恋几眼，也就几眼罢了，又奔向下一个事务。然而这几日，每一日的春色都是不同味道，忍不住贪看了。

临河的岸边，最先引人注目的是白玉兰的开放。含苞时有娇羞的优雅，盛放时有大方的妍姿，整个校园只这一株，让人想起李延年的诗句："北方有佳人，遗世而独立。"皎皎如玉，不语亭亭，只可惜，佳人难再得，春阳烘晒不过几日，花片就接连落地，它们也没有留恋枝头的意思，与其将枯黄衰败做与人看，不如决绝离去，不留人以念想。白玉兰是很有些风骨的。

白玉兰盛开时，一簇簇迎春花也在默默地绽放着。然而到玉兰零落，你发现树下的那簇簇迎春仍烂漫着金黄。如果说玉兰是《牡丹亭》里清雅端庄的杜丽娘，那么迎春就是俏丽又憨皮的春香，张扬着开满河堤，那活泼的生命力讨喜又令人羡慕。渐次，迎春的花瓣也开始掉落，正好飘零入碧水，细碎的黄浮在绿波上，一旁又有垂柳依依照影，也似深情地凝视湖影，对着湖镜贴花黄。我伫立于此，越发相信万物有情。

走出此地，另有一处深深树丛，是粉色花海。早先，最喜欢这里栽种的碧桃和早樱，桃花艳丽灼灼，夺人眼目；早樱烂漫似粉云，摄人心魄。而如今，却总想看看率先开放的紫叶李。我之前惯看此花，却并不知道它的名字，甚至把它和早樱混淆了。后来发现，紫叶李花型纤小，叶色紫红，花与叶同生，常一枝配一花，疏离错落；而早樱相对大朵，先开花后生叶，叶色青绿，且往往一枝上簇拥几朵，层层叠叠。所以乍一见，密集如粉色霞云的早樱更惹人注目。而紫叶李不是热闹的景，是需要细细品赏的，它不似梨花的雪白，有些孤傲有些清高；也不似樱花的粉红，有些甜美又有些醉人。粉中莹白的紫叶李，是有一种清俊之气的，安安静静开且落，当落英满地时，树上的叶片愈加泛出紫色光华，又延续着另一种绚丽风景。仿佛告诉我们，生命各美其美，荣枯有时，又绵延不息。

树树皆春色。看来今后走过小花园，不能只匆匆路过，草草远望了。于我而言，忙碌有序的工作中，远行踏春虽是奢望，然身边的美俯拾皆是，每一次驻足观赏，都能从这些旁逸斜出的美里，品鉴自然层次的幽微更迭，阅读生命故事的漫漫流转……

桃花依旧笑春风

三月里，阳光并不总是眷顾大地。早春的风乍暖还寒，我们一行人踏入坐临凤城河、倚靠老街的桃园，踏着石板路，踏着松软的尚且枯黄的草地，迎面而见的，是两侧的桩桩花树。阳光旺盛处，树枝上已满缀粉色霞云；而相对背阴地，桃花仍在含苞，似在等待淑气吹拂，一触即燃，开启一场夭夭灼华的盛宴。尽管此处名为桃园，亦不避栽种梅花、杏花、樱花以作相互映衬，铸就"各美其美，美美与共"的园林胜景。

我们一路踏着旖旎花香，寻访桃园里的一处处承载着历史前尘的古迹，而后在导游的引领下，坐上了凤城河的画舫，从陆地踏上晃荡的游船。船舫观景，又是不同气象，浩荡渺远的水波让人渐渐生起时空悠悠、茫然不知所终的感慨。同行的老师于是在船上闲闲地谈起过往旧事，而我的思绪，也随着悠悠古运盐河摆动起伏，方才在陆地所见孔尚任故居历历在目，不知三百多年前这位康熙钦定的治水官初莅临泰州古城时，又是怎样一番情形。我们刚刚伫立在桃园内所重建的孔尚任故居内，看到后人将孔先生所写《陈庵记》刻于石碑，古朴石碑，无声地言说着孔尚任在这里悲欣交集的人生起伏。

起先定是春风得意，一时无两。康熙钦定的协同治水官，谁人敢怠慢？因而孔尚任在《陈庵记》中有载当地官员曾"供张衾裯、饮食、盥漱之具，无不全"。然而好景不长，封建王朝政坛的倾轧，怎容得下这一清高耿直的文人孔尚任？官场中人的分歧牵连到孔尚任，"下河前工，付之东流"，冷酷的现实打击着空怀一腔抱负的他。孔尚任在《陈庵记》中如实记录了这之后自己看尽世情冷暖的经历。当地官员从"供"到"怠"，甚而至"厌"。迫使孔尚任搬离衙署，容身于曾是陈姓地主所建、当时已破败的庵堂之内，面对陋室空床、衰草枯杨，孔先生不禁发出"身世盛衰兴废"之叹。

然而，人需要这样一个契机，从云端落入尘泥，从繁华乡跌入贫陋巷，才会渐渐发现生命中真正弥足珍贵的是什么。当蜗角虚名、蝇头微利都离孔尚任而去时，他开始真正沉潜下来，遍访泰州高义名士，学文问道，在物质困顿之时，他却在逐渐构建自己丰足自在的精神高地。可以说，泰州的诗友们此时也丝毫没有因孔尚任仕途的震荡而慢待他，诗文往来唱和，让他在这海陵古郡感受到可贵的人间真情。祸兮？福兮？这段岁月虽是苦闷的至暗时刻，却也让孔尚任锻造出一双冷峻而悲悯的眼。冷峻，是对着官场奸佞小人，成为他日后在笔下鞭挞阉党阮大铖之流的情感蓄势，以笔为刀，剖出此辈卑微幽暗的人性；而悲悯，是对着心怀大义的复社文人侯方域、冒辟疆，对着贫窘不改其志的说书人柳敬亭，他们不屈强权，纵使是一腔书生意气，也能酣唱出激扬慷慨的兴亡悲歌。

在孔尚任的笔下，尤令我动容的，是那秦淮水榭边误入尘网的佳人李香君。"不是爱风尘，似被前缘误"，我们在桃园一路所见的簇簇明艳桃花，恰似侯方域初识明艳温婉的李香君的浓情时分。然而家国动荡时，又怎能容得下你侬我侬的儿女情长？侯方域放下私情，投奔爱国将领史可法，为国尽心效力。而滞留在秦淮的李香君，却遭阉党阮大铖逼迫改嫁。香君恪守节义，誓死不从，以头撞柱而昏厥，鲜血洒落在侯生赠她的定情扇上，后经画师悉心点染，遂画成桃花点缀扇面，《桃花扇》这一段传奇离合故事由此得名。"桃之夭夭，灼灼其华"，孔尚任笔下的李香君如桃花般明艳照人，然桃花，娇美是其形，刚强是其骨，浩浩气节蕴蓄枝干，她能在华光普照时盛放明艳，亦能于凄风苦雨中挺拔不屈！

我身为泰州人，桃园自然不止来过一次，这一折折悲欢离合的《桃花扇》故事，也不止一次听闻，然每每怀想，总令我动容不已。我也是写文章的人，深知作者在他花心力塑造的人物里，是藏着深深的寄托的。当年在陈庵与凄灯苦雨相伴的日日夜夜里，孔尚任都在为他的《桃花扇》初稿奋笔疾书着，现实中的困顿，并不妨碍孔尚任构建自己心中的悲喜天地，并不妨碍他借人物来寄托自己坚守的节义与理想。

孔尚任在泰州待了三年，这之后，携带满身的风尘，满心的牵挂，孔尚任离开了海陵古郡。在这里，他看尽了封建官场的世情冷暖，在这里，他也和泰州的高义文人、纯朴百姓建立了深厚的情谊。伟大的诗人之所以伟大，就在于他在陷入个人命运的困蹇逼仄中时，没有一味地怨艾愤激，而是为国家为百姓的命运牵挂不已。所以我们才动容于杜甫的"穷年忧黎元，叹息肠内热"的赤忱之意；我们才会感叹于陆游"位卑未敢忘忧国"的忧国之心；我们也才钦敬于孔尚任临别时忧心当年"荒芜海陵城""粳稻获无时"的拳拳情怀。孔尚任虽只在泰州待了三年，却为泰州留下了《留别海陵诸友》《芦洲宴集》等一百多篇诗文，还留下了歌吟不绝的戏曲《桃花扇》。泰州人民忘不了这位感念着、牵挂着海陵文友、海陵草木的孔尚任，世世代代相传着这份情谊佳话。三百多年后的今天，在泰州市人民政府的关心和支持下，泰州人民为纪念他们重情重义、心系家国的孔先生，为之建造了桃园，复建了陈庵，复原了当年孔尚任在陈庵内呕心沥血撰写《桃花扇》的场景，人们走到这里，都会为孔先生坎坷的人生、节义的胸怀而慨叹不已。

  从颠簸的游船上慢慢下来，我们的行程也走到尾声。临去时，带着这三百多年历史风尘的漫漫怀想，我回头一望再望。三百多年后的泰州早已从当年孔尚任所忧心的凋敝荒芜蜕变为海晏河清、气象高华，想来孔先生有知，定是欣慰不已。沐浴在浩荡春风里，桃园的簇簇花苞蕴蓄着蓬勃生机，颔首待绽。阳光纵然并不总是眷顾大地，然里下河地域和暖清新的气候滋养了这十里桃林，里下河温煦淳厚的民风感念着一代大师孔尚任的高古品格，桃园建园十多年来，春日桃花，盛放不绝。我知道，再过几日花苞满绽，这里定是红霞遍野，芬芳满林。

  愿在那时，你也能走进泰州桃园，品一品那悠悠不尽的历史兴亡故事，赏一赏这依旧在春风里纵情展颜的十里桃花。

      2019 年 3 月 21 日与海陵区文联诸师友采风桃园，有感而作。

天德湖之春

我走在家乡的天德湖公园，一点一点地辨认春天。

本来，春天不需要辨认。满山满野满湖都是春天。可是2020年的春天实在有些特殊。它掺着许多钝痛的记忆，宅家的日子似一声声闷响，捶打在人心里。

所幸情况一天天好起来，尽管隐忧仍在，但破冰的势头毕竟不可阻挡。

自春分日起，春风暖得迫不及待，诱惑着人们踏着春天最后的脚步，褪去冬日的沉闷，褪下沉重的棉衣，穿上轻盈的春装，去踩踩春天的大地，去感受迟日江山丽，春风花草香。

惜春长怕花开早，更何况落红无数。我决定，抓住春天的尾巴，莫辜负春光，珍惜身边的美好，仔细把春天辨认。

3月下旬的周末，在和暖的阳光下，带着孩子，我们一家人驱车前往天德湖公园，离目的地还有一段路程时，就已看到马路边排着满满的车子，说实在的，从未在非节庆活动日，看到这么多的车子！大概，人们都被天德湖的春天吸引来了。

到了入口，人们都戴着口罩，有序排队，待测过体温后，依次进入园中。一入公园，扑面而来的是旖旎的风光，孩子们雀跃着撒欢，吹着泡泡，拉着风筝，飞驰着滑板车，看得人心也欢快起来。很久没看到孩子们无拘无束的身影了，因疫情的波及，这群小神兽已在家中驻守了许久，所幸春风骀荡，破冰的信号传来，他们终于可以走出钢筋水泥丛林，在天然的旷野自由呼吸了。

呼吸在天德湖的空气里，就迷醉在甜软的花香中了。春分后的万物，繁花是最温柔的一抹亮色，一簇一簇花，就是一阕一阕词，吹暖了风日，温柔了山河。

最贴切的词，大约是温庭筠的《菩萨蛮》："小山重叠金明灭，鬓云欲度香腮雪。"慵懒的娇媚，飘飘洒洒在空气中，万物松松软软地舒展开来，让人贪看，让人流连。

从入口向前，迎面就见山坡上流动的浅紫色光彩。走近一看，原来是二月兰。二月兰缤纷的紫色，有种异国的浪漫风情。一对新人正站在长满二月兰的山坡上拍婚纱照，新娘子的珍珠白蕾丝婚纱闪着朦胧的光晕，远处虽看不分明，却仍然可以想见这对爱人幸福浪漫的模样。

再往前走，花香更浓，原来，在公园中心的湖边，遍植桃林，缤纷氼泥，旖旎风情。两位中学生模样的女孩，穿着月白上衣，桃红襦裙，在灼灼桃花下拍照，一颦一笑，尽是古典情韵。要知道，古诗里处处是春色，可平日里的映阶碧草自春色，她们大多埋首于题海，忘却今夕何夕。经此疫情，她们大约对自然多了几分珍惜和眷恋，来到大地亲身感受生命的律动，体味惜春伤春的情怀，这其实也是青春里重要的一课。

湖上有桃柳，湖中也自有春色盈盈。天德湖的水真明净，映照着迎春花的金黄，碧桃的艳红，樱花的粉白，如洇染开来的水墨画，湖绿的底色，若隐若现的炫彩，伴着水波自然流动，荡漾得人心也酥酥软软，飘飘荡荡。走近了，会看到湖水下的石子历历可数，几条透明色的小鱼伶俐地穿梭，连螺蛳也探出柔软的触角，缓慢地游移。微风吹拂过面颊，便闻到春水初涨的气味。

我在天德湖的春天里，满身心沉浸在蓬勃的朝气中。尽管去岁冬日疫情的阴霾曾笼罩，但只要愿意坚守，终会迎来春风浩荡，春水生，春草长，春花开，生命美好，人间值得。

看春天

看春天，当然先要看花。

春天所有的温柔，都藏在朵朵鲜妍的花里了。

今岁庚子年遇疫情，宅家许久，第一次感受到春天，还是 2 月末疫情渐趋平稳时，我戴着口罩小心翼翼地下楼透透风，忽然被楼旁树上的几抹红艳艳的色彩吸引，原来是山茶花，热烈雍容的大朵花瓣，在早春乍暖还寒的空气里丰盈地开着，有一种健壮的生机，让人感叹，春天就是需要这样瑰丽的颜色来点燃。让人们因疫情冰冻的心，一点点地暖起来。

于是开始注意春天的花朵们。这个特殊的春天，不能随意踏足远方，但反而让人停下脚步，用心关注身边的美好。

当春风一天天迫切地吹荡开来时，我们踱至小区中心的绿化带散步，看到的花树品种更多了。打眼而见的少不了小坡上满树的桃花，如粉霞一般纷纷扬扬地开着，如行云流水般俏丽。诗人都是那么爱桃花，许多美好的诗句由此诞生，最喜欢的还是《诗经》里的那句"桃之夭夭，灼灼其华"，把桃花比作新嫁的女子，清纯、温婉、娇美，就全附着在人们的想象里了。

渐渐地到 3 月中旬，可以走出小区看一看，小区门口的河流有一个美丽的名字：宝带河。阳光照耀下，青绿的水波流动碎金般的光泽，把河岸坡地上的植物也滋养得十分润泽。清雅的白玉兰就在岸边安静地绽放，错过了它们含苞的静美时刻，如今看到遗世而独立的高蹈舞者，亦是欢喜。春光里的每一个样子都令人欢喜。街道绿化带旁，如今常看到一树一树的紫叶李，盛放时满眼的粉白，有种邻家女孩的温婉，也让人想起紫粉色的碎花连衣裙，在微醺的南风吹拂下，芳姿摇曳，人心也变得软软的。

春天里看花，其实最好在湖畔水滨。当花的鲜妍润上水色，那份美就不会那么犀利张扬，而变得柔媚可亲了。到了 3 月下旬，我们和家人一起，慢慢到公园的花木间寻找春色，家乡的天德湖公园绵延着一条连接活水的大湖，湖边风色，最是旖旎。你看，粉色的碧桃临水照影，金黄的棠棣垂下枝条，花树和湖水辉映荡漾，上下天光，可配成亦真亦幻的梦境。里下河气候温润，土壤丰肥，宜种各类花树。一树一树的紫叶李，粉白甜美的樱花，朵朵含苞的垂丝海棠，粉霞绚烂的桃花，明黄色的迎春花，都在小南风的照拂下次第绽放，千妍百媚，让人贪看流连，遂觉得人间美好。

小野花也有春天。或者说，没有小野花的春天是不完整的。

春天的婆婆纳，点点蓝紫色，是白日里的星星。尤其缀在一片片新绿草丛里，颇为惹眼。小野花只宜长在野地里，你若因喜爱想摘下，置在手中把玩，它就立时失去了星星点点的光泽，随风吹散再无踪迹，这大概是小野花的坚持吧！荠菜也开花了，米白小花在微风下飘摇，这样也好，看到荠菜开花，我们就不想着吃它了。还有轻盈的蒲公英、紫红的荞荞儿、明黄的野油菜花，它们随风摇曳，时而招摇，时而沉静，是自然最不加修饰的纯美。

看到它们自在生长的样子，我想起校园里那些同样自在的草木，和那些生动飞扬的孩子的面庞。校园安静了许多天。当复课的消息传来，我走在教学楼前那些相熟的花木回廊之间，有故人重见的感动。你看，去年今日的玉色绣球花，已欢欢喜喜地簇在一起，露出圆圆的可人笑脸，紫藤萝也舒展开瀑布样的长发了，深深浅浅的藤萝垂挂在廊沿，散出迷幻而沉醉的芬芳。是的，春天的花都是一簇一簇的，不像冬日里寒梅的孤清傲世，春天就欢喜热闹喧嚣，万物泼辣辣生长的蓬勃之气。

自然的力量总是不可阻挡，校园里年轻的面庞，也是春天的样子。孩子的笑脸虽说在家中"尘封"了许久，可到底是青春啊，最美好的年龄，总遮挡不住春天的生气和热闹，朗朗书声、欢歌笑语一下子都洒满教学楼的每一处，那些芬芳花树也因此不再孤单，笑颜更绚烂了。

川端康成说："美是邂逅所得，是亲近所得。"这么美好的春天，也愿你与它亲近，与它欢喜邂逅。

从诗词中品读生命

春天里，特别注意和这个季节有关的诗词。尤其爱读唐诗宋词，因为那些有着敏锐观察力的诗人，将季节里的幽微变化都妥帖地书写了出来，将这个充满生机的岁时点缀得尤其美妙。

先赏春光，再读诗，诗中的各色风物就如在目前了。

先读诗，再赏春光，春光里又增添了层层曼妙的诗意。

可以说，中国古典诗词和自然风物成就的是鱼水情缘：鱼因水而存活，水因鱼而生动，你中有我，我中有你，互相成就对方的精彩。

每一次读诗，都越发相信世间万物有情。千百年过去了，这些人间的草木也不知枯荣了几世几年，而人世亦沉浮于几多往事变迁。可是追溯人类久远的诗词记忆蔓延至今千年，这些草木生灵的形态与气味却如此相似：依旧下着润如酥的小雨，也依旧乐见河畔草青青，碧桃仍然芬芳满径，黄蝶犹自蹁跹于菜花，而娇莺也还在恰恰啼鸣……又不知，这些草木群生若真有灵，其观我们人类，是否也觉着我们人类和千百年前有相似的外形、相似的喜怒，产生似是故人来的悲欣交集？它们，是否也代代传承下了如诗般的记忆系统？想必有的吧？我从唐诗宋词里抬起眼，眼见这从诗里生长到这片大地上的草木生灵，觉着是如此温柔可亲。仿佛觉着与眼前风物有前世相识的因缘，我也愿意把在从泥土里拔节的它们、在林间欢唱的它们以及在水里徜徉的它们，看作久别重逢的旧相识。我愿意相信，诗词里的风物，见证了我们人类的前世今生，它们让我们行走于林立的高楼大厦时，能从诗词与风物奇妙的连接中，得以回望故人、怀想祖先，追寻我们来时的路。

春日里，最先入眼入心的，是春草新萌。苏子有言"春江水暖鸭先知"，我却觉得，春江水暖草先知，封冰渐融，温煦的江流在青青芳甸上婉转流淌。草籽积蓄一冬的力量在此润泽下破土而出，带着稚拙的好奇，探出清新的嫩绿,"草色遥看近却无",早春要的就是这种似有若无的朦胧,清清淡淡的撩拨。渐至"芳草萋萋",翠色转深,而那千年"鹦鹉洲"是否仍盛满了离情?这就不得而知了。我只知道那"更行更远还生"的芳草,载着千年的思情,从汉唐绵延到今日,那些隔世的记忆里,挥之不去的是绿罗裙的倩影。

"燕草如碧丝,秦桑低绿枝",李白的诗句一派天然,真是清新妩媚。读了之后,你去看那日日走过的草地,也愈觉芳草依依,会生出绵软的情丝来。而柔嫩的碧桑,亦是古时最日常、最惹人情思的风物了。

孟子说"五亩之宅,树之以桑",先民们将桑树在房前屋后遍植,以便养蚕制衣,桑叶成为他们生命日常的一部分。幼时的我们,虽不像先人那样依傍蚕桑,然儿时养蚕的岁月,却在回忆长廊里留下温柔的印记。里下河的春来得早,桑叶的柔枝早早冒出嫩芽,小时候的我经常逛到沿河而居的表姐家,她家屋前有着我正好能够着的桑叶,采下来装衣兜里,揣着细细嫩嫩的清新回家,正好喂食那些我从学校门口摊贩那买来的小蚕们。而种桑的表姐自家也养蚕,因是为了贴补生计,所以所养数量更多,堂屋子后的大凉匾上,柔嫩桑叶躺着白胖贪吃的蚕宝宝,屋内是小蚕啃食的沙沙声,屋外黄鹂啼啭,这样无忧的时光,也一去不复返了。

后来我在城市求学的日子,便是在诗词中品读桑了,儿时亲近的风物在诗词里旋转出古雅之意。"巧笑东邻女伴,采桑径里逢迎。"看到桑径走来活泼明媚的东邻女,古龙说,爱笑的女孩子,运气总不会太差。蒲松龄也同意,他的婴宁笑语灼灼,碧桃满地芬芳满径;也有对着桑叶伤心的,"桑之未落,其叶沃若",卫地的女子回忆天真甜美的青春,而须臾间"桑之落矣,其黄而陨",汤汤淇水,也荡涤不了这枯黄的苦涩。

而当我有一日在课上得知,我的学生们已与桑叶远离时,我也无比苦涩。

从学生到教师,有一些诗词永远安睡在课本中,等待有缘人去翻飞它们的性灵之魄。譬如孟子的"五亩之宅,树之以桑",我在课堂,请我的学生赏析这个句子。那个有些内向的男孩沉默了半天,不好意思地讲:"老师,我不知道'桑'是什么意思。"这让我震惊了很久。我再问课堂里的其他孩子,竟然真的有不少孩子，并不知更未见桑叶为何物。为何竟至如此？是自小一直面对如山的题海，还是城市化带来的自然的退隐？我说不清。我只知道，我这一代人，已经开始渐渐远离乡村，陌生于泥土中长出的灿烂风物。但所幸20世纪80年代童年岁月里，在泰州下坝人家的河边上长大的我，爬树摘桑叶的时刻仍成为记忆里藕断丝连的温情。然而如今我才发现，论与泥土的远离，现在的孩子可能比我更甚。也难怪，很多孩子在读诗词时难以产生与我相似的感动，因为再美的文字，若在少年的心里失却了文字外的联想参照物，善感的心灵也会变得惶惑麻木起来。

而我能做的，就是和孩子们一起留意仍然在身边生长的、还没有消失的美丽风物。譬如生长千年的油菜花海。悠悠古道，柔桑碧草两相欢宜，固然清新，但大自然是丹青妙手，不会用一种色彩糊弄人的想象。深绿依偎浅绿的大地背景里，深红也感动得爱上了浅红。然在万紫千红间，我却最爱那泼辣辣的明黄。油菜花在田地里疯长。上班途中，有一拆迁的土地裸露在风间，日久未动工，已经搬进新楼，却仍然留恋泥土的几个老太太、大妈妈，便把它们扒成了田地，暖暖的春风一吹，明黄的花浪就荡漾而来，油菜花香就扑面而来。尽管知道这里终究会拆除，但是此刻的画面，真美好啊！我会带我的孩子来这里放风筝。飘动的风筝上描画着美国漫画《公主索菲亚》的图案，烟水明媚的古典纸鸢和蕾丝泡泡袖的现代漫画握手言和，倒也有一番奇趣。我也会在课堂里和我的高中学生读起杨万里的"儿童急走追黄蝶，飞入菜花无处寻"，这俏皮的色彩迷宫，也让早已走出扑蝶年代的这些大孩子，闪现会心的笑意。

我们共读那些因风物而美丽的诗，也特别希望，诗里的美丽风物能一直绵延，绵延至校园的书声琅琅里，绵延至拳拳赤子善感的心里。

古人对四时风物的幽微变化，有着今人不能企及的敏感，季节里每一个微小层次的美，你都可以从古诗词中找到记录。他们赞叹于桃花菜花的争奇斗艳，也注目于众芳凋零的季节更迭。

谷雨。春天在做告别仪式。时或细雨绵绵，时或暴雨骤至，眠床卧听风吹雨的人们，又开始像李贺般担忧起"桃花乱落如红雨"了，像李清照那般感叹"知否知否？应是绿肥红瘦"了。

可是深谙生命流转真谛的诗人，又会给我们以新的安慰。晏殊说"无可奈何花落去，似曾相识燕归来"。那"萌萌"的春日随花残香陨之时，携一羽顺滑黑衣的燕子，又带着新生的讯息飞翔而来。就仿佛我们告别青葱懵懂的岁月，迎来的是苍翠淳厚的人生阶段。因而，又何必如贾宝玉般为"绿叶成阴子满枝"而哀叹？豁达的诗人终究会喜悦于"梅子金黄杏子肥，麦花雪白菜花稀"的新气象。而我们顺着季节惯常流走的脉络去读诗读词，渐渐读懂了生命来时的样子，也欣然踏上星汉灿烂的浩瀚征程。

夏日杨梅正当时

夏天是浆果家族 C 位出道的主阵地。小满节气前后，桑葚小丫头就从片片柔桑中探出紫红的脑袋，堆叠的微型黑珍珠闪烁流光，让人口馋。想起旧日里，诱人的芬芳吸引小娃娃们爬树采摘，还没下树就吃掉大半，嘴巴到衣服乌紫一片，回家免不了挨家人数落，甚至拍打几下——毕竟浪费了一件好衣服，乌紫的颜色成了永久的"罪证"。可是为了这一年一季的美味，为了那香甜入梦的回忆，这点小代价实在不值一提。

此外草莓小姐和樱桃姑娘，也迈着她们矜持的步子来到了市场，粉红色的甜梦印在人们心里，安享这一年一季的自然恩赏。

等到桑葚下市，芒种节气前后，杨梅女士就要登场了。杨梅女士与其他浆果不同，她的果肉密集排列如箭簇，新鲜的果肉根根直立，蓄势待发，却并没有肃杀的凛冽，而是把所有温柔的浆果汁水，都以这巧妙的形态包裹其中，彰显她在这炎炎夏日里与众不同的风姿。

我从今年夏日里收获的惊喜，就是从蓦然发现学校一处角落里青青的杨梅果开始的。青青的杨梅果，如今打下这几个字，我的味蕾记忆又瞬间调动起一种酸涩、一种清新，舌尖泛起湿湿的水汽。我来这个学校工作已近一年，却第一次发现满树藏着的杨梅果。自小在城中蜗居的我，其实只见过超市架上紫红的熟透杨梅，因为浆果的特性，它们常常因储存原因，会渗出可疑的酒精发酵的气味，让人提起又放下。因此刚看到此间树上缀满的青中带红的果子，本还有些犹疑对它的名号的判断，但那按序列粒粒攒聚的果肉，确定无疑地彰显其别无分店的身份。我很意外，从未注意到杨梅花的绽放，怎么果子就这么大了？看来，我对校园风景疏忽已久了。已顾不上这层疏忽带来的怅惘和懊恼，我的视觉和嗅觉已牢牢地被这些青红相间的果子钉住了，我忽然生出一种焦虑："待到紫红色蔓延开来，想必早被其他人捷足先登摘去了！"从此我就惦记起这株杨梅树了。

  日日上班经过此地，都会望望那墨绿长叶掩映下的小小玉精灵。看着它们从青绿变粉红，再到紫红。直到一日午后，我下课后走过，看到不少杨梅已红，可昨日雨疏风骤，地上已掉落不少果子，心中惊叹"可惜了！"想摘取，却奈何熟了的果子多长在高处，只能望之兴叹了。幸而，在学校做后勤工作的一位龚姓阿姨，大约出于对吃货的同情，教我一个妙招：拿一个凳子，一根水管，站上凳子，就有了相对的高度，再把水管弯起，用弯度形成的空隙套在高处的枝条上，枝条在水管韧劲的作用下被拉低，就可以摘到高处那经受最盛阳光洗礼的紫红杨梅了。我欢欢喜喜摘了不少，这位亲切的龚阿姨用袋子帮我接着，临了，我拿出大半给她，她却坚辞不接："前天我刚摘了一些吃了！你快带回去，用盐水泡下再吃，吃不掉的要放冰箱！"这位龚阿姨有些年纪了，眼睛却明亮有神，精干短发，花色衬衫，热心成全我这个初来乍到者的爱梅之心，真是感谢她。

  等不及回家用盐水泡，我就拈起一个，咬下一半，杂糅了酸与甜的丰盈汁水，一下就在口腔喷薄而出。再看余下的一半果子，紧密相挨如箭簇，透着新鲜的光泽和饱满的生气，玲珑剔透的光彩在阳光下生辉，如仙界俏皮的精灵展开笑颜。

  其实论个头论色泽，水果店里的杨梅的红艳艳更能吸引人，可是一入口，只有水味没有果香，失望总大于希望；淘宝售卖的东魁杨梅的浓郁饱满倒是挺能蛊惑人，但长途跋涉的艰难对这类毫无外壳保护的浆果，实在是损害大于保鲜。因而勾起我酸涩与清甜的味觉记忆的，只有这身旁泥土里长出的，随摘随吃的杨梅。这才是身边的味道，不惊天动地荡气回肠，不妖娆多姿明眸善睐，却带着邻家小妹的鲜润与芳泽，家常的才是最妥帖入心的，因为它与脚下的土地相连，亲切、方便、安全。

  想来校园里的"宝藏"真是丰富，只是我们常常忽略而已。譬如四月时，等我们走过操场，闻到阵阵清芬，又看到地上落了不少细白花朵，我们才惊呼"槐花竟然开了，竟没注意"，"槐花老了，不能吃了，真可惜……"是啊，那么鲜嫩的槐花蕾空老树枝，可见我们对春光的辜负了。

  而现在，我们不能再辜负这苦心经营的夏日了。炎炎盛夏，难免困倦疲惫百无聊赖，然而，暑热正盛，才更显出这酸而不涩、甜而不腻的杨梅果的珍贵，它们带着清新鲜润的味蕾享受，点染了原本沉闷溽热的空气，拨动了懒怠无聊的心弦。更何况，杨梅尚鲜吃，不可久存，素有"一日味变，二日色变，三日全变"的说法。杨梅仿佛用它的特性告诫人们：珍惜此刻，过时不候。夏日浆果的美味，也就在于，这一寸酸甜里藏着的一寸欢喜。

春游邵伯镇

春天实在不是读书天。尤其当你走进甘棠古镇邵伯，被黛瓦粉墙、青砖窄巷迷了眼时，这种感喟便油然而起。

像我们，这样一群成日埋头于书斋的教书匠，就在一个晴好的春日来到此间，浸润在人文与自然的馈赠里，恍然自悔："锦屏人忒看得这韶光贱！"我们虽与"锦屏人"差之远矣，然置身古镇翠木清江之畔，也会生出弃掷韶光而不自知的懊悔。

邵伯镇古有"邵伯埭"和"甘棠"之名。"召伯"精神濡染着千年古镇的清正之气，"甘棠"古树又展现古镇人与自然的和谐与亲近。"蔽芾甘棠，勿翦勿败，召伯所憩。"《诗经》里流淌出的千年古韵，在这个宁静古朴的小镇里处处能找到实物的注脚。巡检司门口的参天古木甘棠树，树皮苍老，叶色翠碧，不语中自有遒劲风姿。

古韵留存的又何止参天古木甘棠？临街的青石条路，见证了清末商圈的兴衰沉浮，数百枚条石铺就的道路，隐隐彰显当年商铺的繁华与富庶，而今店肆已然消隐，条石街成为新旧历史变迁的记录者。我们仰望当年盐商建造的高宅大院，戏谈雕花的阁楼里，曾藏着大户人家待字闺中女子的心事。尤令我们驻足的，是留存不多的店铺之一"章秤店"：一幅"轻重得宜一丝不苟，大权在握两钮关心"门联饱含儒家的胸怀与智慧，10平方米的门房又彰显小手艺人的纯朴真诚。只是店门紧锁，不知那制秤卖秤的师傅人在何处。也是，传统杆秤日渐式微的今天，秤店的存在，也许就是一种记忆，一种对古镇人公平正直品质的彰显。剥蚀的门墙或许会带走曾经的老行当，但带不走的，是古镇人传承千年的清正平和之气。

漫步古巷民居间，感其清正纯朴；徜徉运河花树间，感其秀美灵动。运河边的绿植广种，时值仲春，沐浴在午照中的树木撒落温柔的碎金，浅紫的泡桐花、纯白的刺槐花夹杂在葱茏的绿叶间，随煦风拂来馥郁而不醉人的芬芳。我们一行人游此，一再地惊叹风烟俱净、秀美祥和的明丽风景，徜徉于此，仿佛重返自然的羁鸟，有种不知今是何世的沉醉。而滋养这秀美花树的，正是绵延千年的古运河，运河边曾经熙熙攘攘的大码头闲置已久，静静地等待着游人发掘它曾经熙熙攘攘的喧嚣历史。岁月在此处几近凝固，如流水般以不动声色的方式缓慢向前。

置身这灵动与古朴并存的天地里，我不禁在想：究竟是召公和谢公的清正之气濡染了此间的纯美山水，还是这翠木清江净化了古镇人的素朴心灵呢？说不清楚，也许正是自然与人文的合力，才成就了这悠悠美名的邵伯古镇。

临去的时候，又去看了看傍晚的邵伯湖，向晚的夕照静静地洒在湖里，给粼粼闪动的湖水点缀上金红的光辉。几只小舟随意地散落在岸边，舟沿上隐约可见几个小小黑影，仔细一看竟是鸬鹚，它们身着光滑水亮的黑衣，似一个个优雅的绅士伫立着，宁静中自有气派，好似邵伯镇给人的古朴清正的印象。

行走之扬州

我的家乡和扬州离得很近，许是因了这层原因，我舍近求远走过江浙的许多城市，却从未停驻在扬州，看看这个城市的风景。

好似手边的一本书，因为太过方便，总是忘记翻开细看一番，真正读到时，又大有相见恨晚之意。

"天下三分明月夜，二分无赖是扬州。"唐人徐凝写下此诗时，想必眼中心中是掩不住的宠溺欢喜。

这明月夜里，古运河的风光自是不消多赞，而东关街家家户户门前的红灯笼若是亮起，也是极为绚丽的景致。可惜我们来时正值午后，未曾得见繁盛的夜市，然而白日里的清静自在，又是另一番难得的味道。

东关街的建筑多黛瓦白墙，飞檐翘角，小巷幽深宁静，各色商铺错落其间。这样的地儿，适合临居的人们闲时信步而来，寻一间早茶铺，点上一杯魁珠茶，二三两烫干丝，三四个小笼包，如此这般，细细品之，便可慢悠悠地消磨掉一上午的时光。而脚步匆忙的外乡人行到此处，亦是甘心缓下节奏，吞吐这小巷深处的安闲气息，追忆儿时嬉闹无忧的岁月。

这曲径通幽的小巷，满溢的岁月静好，流年安稳。

瘦西湖也是一定要游的。比之杭州西湖的烟波浩渺，南京玄武湖的巍峨古朴，此地别具一派秀美宜人的情致。行扁舟，赏垂柳，掬一把清水，洗净灵魂的蒙尘。

临去的时候，看到一藤的蔷薇花攀过路边的院墙，紫粉色的花朵，层层叠叠，团团簇簇，交相掩映在绿意葱茏的叶子间，清甜的味道丝丝入鼻，行走的疲累，也在顷刻荡涤一净了。

汪曾祺笔下的淮扬美食

汪曾祺是一个让人倍觉"亲切"的作家，不仅因为他的文风平易近人，也因他笔下常写的故乡高邮的风物，和我如今生活的江都，和我的家乡泰州的物产都极为相似。

譬如他写《受戒》，明子和小英子一起去挖的"荸荠"，也是我小时候最爱吃的零嘴。荸荠生吃脆爽鲜甜，煮熟味道变得温厚，但依旧甜美。要知道，这样富有淮扬地域特色、宜吃宜入药的小食，是在其他名家的文字里遍寻不到的。

又譬如他写那脆甜的萝卜、褐色的茶干、细白的干丝，也会勾起我熟悉的味蕾，那几乎是我童年在早茶店消磨的时光的缩影啊！

早茶店卖两种干丝，凉拌干丝和大煮干丝。汪老说他爱凉拌，取其柔嫩清爽；我却爱泰州的大煮干丝，取其鲜美醇厚，且热气腾腾兼有汤水，最适合一大家子聚在早茶店里享用，鲜美的味觉包裹着和谐的团圆气氛，人生最惬意的事莫过于此。

追溯到清代，才子袁枚，也早在他的《随园诗话》中这样描述淮扬一带的干丝："将豆腐干切丝极细，以虾籽、虾油（酱油）拌之。"可见厨师的刀工，也是一盘干丝美味与否的重要因素。所以我小时候，看到那纤细如丝的干丝，是相当佩服厨师的神妙手艺的。

其实，汪曾祺笔下，还曾写过一种泰州独有的小食，就是紫萝卜，连汪老的家乡高邮都不产出。所以汪老在笔下回忆道："紫萝卜不大，大的如一个大衣扣子，扁圆形，皮色乌紫……吃了，嘴唇牙肉也是乌紫乌紫的。里面的肉却是嫩白的。这种萝卜非本地所产，产在泰州。每年秋末，就有泰州人来卖紫萝卜，都是女的，挎一个柳条篮子，沿街吆喝：'紫萝——卜！'"

我记得小时候，我的小娘娘（泰州话念轻声 niang，即小姑姑）还未出阁，她总喜欢带着我在下坝附近的街上闲逛。逛累了，口干了，就买紫萝卜吃。泰州本地人卖紫萝卜，不需沿街吆喝，多装在街边的大三轮车上，随人挑选。小娘娘手里拿一个，给我拿一个，我们高高兴兴地，把紫萝卜当水果吃，牙一咬，爽辣里带着清甜的口感，真是美味，嘎嘣脆的声响也真是有趣，紫红的汁水也随即流出来了，这时要小心别滴在衣服上，这汁水洗不掉，不然回家要被大人骂的。我后来辗转各地，果真看不到这可以当水果吃的紫萝卜了。

回泰州再见小娘娘，她已是快做外婆的人了，胃不好，已不大能生吃紫萝卜了，但每每聊及此，我们总是哈哈大笑。

所以，我读汪曾祺笔下的家乡美食，总能勾起自己对泰州特有风物的惦念，对童年琐碎日常的怀念，所以我也忍不住，写下属于泰州的，也属于我自己的点滴琐忆了。

唐鲁孙笔下的泰州美食

泰州自古就是鱼米之乡，里下河清泠泠的水滋养了这一方土地。大自然的馈赠，以及此地百姓的巧思，造就了众多风味美食，为许多文艺名家所称道。

著名作家唐鲁孙，因早年在当时的泰县工作的经历，就写了不少有趣味的泰州美食。

我印象最深的是他写曾经在泰州下坝吃过蛇蛋的经历。泰州自古屯有盐仓，唐鲁孙曾在这里管理过盐务，唐老在《蛇年话蛇》一文中回忆道："在苏北泰县曾经运销过食盐，在下坝一带，有几栋盐仓。"战乱时避居他处，回到仓库发现这里竟堆满了一二百枚蛇蛋。因为蛋太多，为了储存，就地取材用盐腌了慢慢吃。"用卤沟的老卤来腌蛇蛋，不但黄沙白嫩，芳濡温润，啜粥佐酒，其味复绝。"我读的时候，觉得真稀奇，毕竟像我们这些如今的泰州本土人，蛇蛋莫说吃了，连见也没见过。况且如今生态保护日益重视，若真遇着蛇等野生动物，我们也是敬而远之。姑且拿着泰州人搭早饭吃的咸鸭蛋，那金黄冒油的沙沙口感，借此想象一下滋味。

但是泰州地属里下河，早年确实有蛇。我幼时家正住泰州下坝，家家沿河而居，河边种桑，空气里弥散着清新的水气。记得八九岁时，一次背着小书包放学回家，我一开房门，见一只寸把长的小黑蛇正在蜕皮呢！我竟然也没有吓得叫出声，而对方正忙于蜕皮也没工夫搭理面前的小孩，于是我故作镇定地退出来，关上房门。然后终于飞速向隔壁房子奔过去大声嚎："嗲嗲，有蛇！"抖抖豁豁把我嗲嗲拉过来一瞧，他比我更镇定地说："没事，一条小水蛇！"而后他就用竹竿把这厮叉到了家附近的下河水里。这大概是我离蛇最近的一次。后来年岁渐长，也许是环境原因，我竟再没有亲眼见过蛇了。但是由此回忆证明，唐鲁孙当年在泰县吃到蛇蛋是极有可能的。

脆鳝也是让日后寓居海峡对岸的唐鲁孙念念不忘的泰州美食。他在《脆鳝、干丝》一文中忆及当年："要算泰州的'一枝春'首屈一指。叫一份过桥脆鳝，一半拿来下酒，剩下的拌干丝，等饺面点心吃完，鳝鱼依旧酥松爽脆，一点不软不皮。"私以为这比花生米下酒更美。唐鲁孙特别强调，当时别地的脆鳝达不到这样的美味，他猜测是因为"泰县的鳝鱼（又叫长鱼）特别肥嫩，肉紧而细"，所以炸透后又酥又脆，不易皮软。虽说并未下定论，但以他美食家的身份认定："在泰县吃脆鳝拌干丝，比别处好吃确实是不争的事实。"

读到这段，我不禁记起小时候家里来客时，我爸才会到门口的卤菜摊子称一点脆鳝，之所以称一点，是因为那个年代手头也没什么钱，称点脆鳝摆盘子，就是很隆重的招待了。印象中是面粉裹长鱼炸出来的，家里却从没有制作过，大约火候掌控是件很专业的事情。

那时小娃们最喜欢抓在手上当零嘴嚼，面粉包裹下，不仅突显了鳝鱼的鲜，还增加了酥脆的口感，不是当饱的食物，却颇有滋味。要知道，那个年代肯德基麦当劳都还没进驻海陵小城，人们通常很少吃到油炸食物，脆鳝是印象中最香酥鲜美的美食记忆了。如今在饭店吃饭，已经很少见到脆鳝这道菜品了，即使有，也少了酥脆口感，偏向可疑的黏软，吃来兴趣全无了。

不过鳝鱼仍旧是本地人青睐的水鲜（泰州人其实多喊它"长鱼"，很符合其滑溜细长的观感），家常餐桌上虽不大吃工艺复杂的脆鳝，如今返璞归真，红烧可配洋葱青椒，白汤可和长鱼骨肉同烧，如今泰州人早茶最喜鱼汤面的汤底，就是以长鱼骨等为原料吊成高汤，当年自号"馋人"的唐鲁孙先生在扬泰一带，对白汤面甚是钟情，不过他所食白汤面更为考究，不仅有鳝鱼，还增鲫鱼、鸡鸭骨架、猪骨头等同炖，"所有骨髓渐渐融入汤里，煮到色白似乳，自然味正汤浓"。自号"馋人"的唐鲁孙旅台期间，就再无机会吃到这么精致考究的早茶了，"每到冬季吃早点，就想起内地的白汤面来"。

独在异乡为异客。唐老晚年远离故土，长居台湾，触目皆是热带风物。他反反复复在笔下忆及曾经工作和生活过的泰州，大约已把这里当作他的第二故乡，用深情的笔墨写下对这一方温润水土的思念，也在情理之中了。

第二辑　溯流而上

幼时，父亲常给我讲我祖父的故事，而现在，我也给我的女儿讲起她外曾祖父的故事。我在任教的学校里，也会给我的学生讲起：

"你们应该写写你们的家族史。"我对他们说道："你们的祖父，你们的曾祖父，他们走过的路，值得你们记录……"看到他们若有所思的神情，我继续说："因为，只有记得来路，才能更好地前行……"

书香四代情

我们家祖孙三代，都各存有一张泰州图书馆的借书证。当时的借书证上，贴有借书人照片，隔着几十年的时光去看照片上的人和背后的故事，顿感光阴如梭，世事变迁。

第一张图书证，贴的是我祖父的照片，祖父坐得笔直，不减当年身为一名中国人民解放军战士的英朗。可那时真正的借书人，却是我的父亲。因为祖父幼时家贫，没有条件读书，并不识字。也许正因为这份不能读书的缺憾，祖父对读书这件事怀着最大的敬重。艰难岁月里，他坚持供着家里四个孩子上学。父亲总是很感慨："你爷爷这辈子，苦于文化水平不高。所以他不想我们这代人也像他那样。在我还不够年龄办图书证的时候，他就拿自己的工作证，悄悄给我办了一张。"

父亲很珍惜能到图书馆借书和学习的机会，他思绪翻飞："1973年，借书还是在工人文化宫，离我家很远，一到周末，我都是徒步一小时走过去的！那时哪有条件坐车！"可他仍然风雨无阻地前往。父亲回忆道："那时借书，哪像现在这么容易！"借着父亲的回忆，我脑海中渐渐浮现一个画面：20世纪70年代的泰州工人文化宫，图书专门放在一个大大的玻璃书橱里。父亲他们借书，需要隔着一个大大的玻璃门，遥遥指认书籍，对图书管理员说："我要这本。"图书管理员就用特制的长竹竿把书取下来。父亲说："那时图书种类也不多，《红岩》《青春之歌》《野火春风斗古城》，都是我们那个年代热爱的读物。"宝贵的读书时光灿烂了父亲的青春岁月，直到今天，父亲仍是泰州市图书馆（以下简称"泰图"）的忠实读者。

后来，"泰图"独立建馆，坐落在税东街西侧，工作后的父亲也办了自己的图书证。后来我出生，父亲常抱着我去那里，我至今对那座园林式的古色古香的图书馆仍有印象，也许这就是冥冥中和"书"的缘分？那时父亲常利用业余时间在泰图备考自学本科，他在 1988 年取得了汉语言文学专业自考文凭，在那个年代，他也是单位里人人敬重的"笔杆子"，可以说，20 世纪七八十年代的"泰图"见证了像父亲一样的 60 后知识分子的成长。家里这个有文化的"大小"（泰州土话，即老大），也成为未有机会读书的祖父的骄傲。

1992 年，"泰图"新馆建在美丽的东城河畔，这里有着长长的林荫道，酷暑时分，骑行在大道上，清凉绿意给即将到知识殿堂的人们以无比喜悦。我和我的父亲都在这里度过了难忘的十数年读书生涯。

20 世纪 90 年代，办借书证不再限制年龄。我从小学开始拥有了自己的图书证。图书证照片从梳着麻花辫的小学生，到一头短发有点近视的中学生，学生时代的阅读，我几乎都是在图书馆完成的。

我从上小学开始跟着父亲去图书馆借书，先是在少儿图书馆借儿童读物。从《格林童话》《中国童话》等带拼音的故事，再到《十万个为什么》《科幻世界》等知识普及读物，知识面得到很大拓宽。更令人欣喜的是，我的语感也有很大提升，从小学开始，我的作文就常在班里被当作范文推荐。升初中后，我有种想长大的愿望，便缠着父亲要办成人图书馆的借阅证。于是我来到一个更大的知识海洋！中学时代，我在"泰图"的借阅范围从中国古典《红楼梦》《三国演义》，到外国名著《飘》《简·爱》，不一而足。有些书我在图书馆中偶遇，依依不舍，于是自己又到书店买下收藏，譬如《红楼梦》。得益于阅读，我在作文中不时引经据典，小伙伴们常常羡慕我如何知道这么多，我就推荐他们到图书馆，一起自习读书。

当时去图书馆，已经比我父亲少年时代方便许多，我可以骑自行车前往。图书馆的书籍，也不再需要工作人员用竹竿取书，而是自助式的，书籍按序号井然排列，我通过翻看序号卡片，慢慢找到心仪的书籍。在窸窸窣窣的卡片声中时光安静地流走，回忆起来却别具一番温情。

2004 年后，我到外地读大学，读研究生，假期复习学业的时光，又大多是在"泰图"自习室里度过的。再后来，我到扬州工作，渐忙，与"泰图"的相见，不免荒疏。到了 2012 年，"泰图"新馆建成，我父亲还把收藏的我们祖孙三代的图书证送到"泰图",这是很珍贵的历史见证,"泰图"的展厅里曾展出,且制作的纪念册也将其收录,并赠予我父亲一册以作纪念。我第一次去新馆时,一下被其恢宏敞亮的大厅震住了。尽管在南京读研时,也见识过南京图书馆的博大,但能看到家乡图书馆的新貌,这种自豪是不言而喻的。

今年7月,我通过泰州市高层次人才引进教师招聘考试,回到家乡母校教书。定居家乡,文化活动不可少,于是我给自己和我5岁的孩子各办理了一张"泰图"的借书证。现在的图书卡更方便,提供证件,交付押金,就可以当场办理。现在检索书籍,也不再需要翻看卡片查找,一切都是电子化。既可以在图书馆的计算机上检索,也可以关注"泰图"微信公众号操作。除了常规书籍借阅外,"泰图"还经常组织一些文化活动,比如今年7月,我有幸受邀参加"泰图"组织的"读藏书,品名城"系列讲座,在柳园的评书评话艺术馆,聆听泰州籍评话大师柳敬亭的传奇人生。儿童的活动更丰富,时不时有寓教于乐的动画片、科普片,最近还有中华诗词的活动,我作为家长,也加入了"泰图"组织的少儿微信群,时刻关注适合孩子的文化活动。

直到现在,我还常常想象,当年父亲在工人文化宫,隔着书橱大大的玻璃门,满怀敬畏,遥指准备借的书的情景;我也常常回忆起,当年读中学的我在"泰图",翻看一个个卡片,寻找想要的书籍的场景。那些岁月,认真读书的时光,真是让人怀念,条件虽然简陋,但因为有书可读,丝毫不觉苦。而现在看到"泰图"新馆藏书如此丰富,设备如此现代化,又是多么令人欣喜!想一想,和我的祖父、我的父亲相比,哪怕和我自己相比,现在的孩子多么幸运啊!现在的"泰图",借阅室内外都增置了桌椅、沙发,每次去"泰图"借书,都会看到窗明几净、操作便捷的借阅室里,坐满了渴求知识的学子们,他们早早来馆占座,为了光明的未来用心阅读、笔记。在这里,人们不自觉地能感受到一种知识殿堂的神圣感。

从1973年到2018年,我家祖孙四代和"泰图"的故事,经历40余年的时光流转,不变的是对知识相似的信仰,可喜的是现代化带来的便利。心存一份感恩,写此纪念。

父亲的春联

幼时家贫，父亲在工厂上班之余，会做些零活贴补家用。其中一项，便是临近春节时，摆摊卖对联。父亲自学成才，写得一手好字。那些清苦的夜间，我依稀记得家中厨房的灯光微亮，在那张既做饭桌又当书桌的木质家具上，整齐地摆着一叠叠红纸，父亲用一支毛笔，饱蘸浓墨，郑重地写下龙飞凤舞的祝福话语，一张又一张，小心地摊在地上的砖石上风干。夜静更深，正是清寒露重之时，油腻腌臜的厨房器具与风雅俊逸的春联共存于一间简陋的小屋子里，承载的是生活的艰辛与无奈，更有读书人穷且益坚的青云之志。

第二天，母亲和奶奶便带上这些对联和福字，到小巷之外的街口摆摊。年前的集市颇为热闹，除了像我家这样卖对联的摊位，也有卖其他小玩意的，琳琅满目，尽是喜庆之意。彼时我正是不知愁滋味的年纪，我和表弟兴奋地这家逛逛，那家跑跑，时而再回到自家摊前，一边漫不经心地听着母亲和奶奶的数落，一边又不安分地摆弄着手边的对联，鼻尖嗅到似有若无的清淡墨香。

到了除夕夜，我们自家也开始贴起对联了。撕下历经一年风雨刷洗而褪了颜色的旧对联，贴上父亲新写的对联，喜庆的红底，配上饱满的黑字，尽是一派崭新气象。宋朝王安石便有"总把新桃换旧符"的诗句，这流传了千百年的辞旧迎新的风俗，寄寓着千家万户对来年生活的美好祈望。

而今过年的时候，书写春联的岁月渐次封存于我们的记忆之中，取而代之的，是以假乱真的各类印刷体对联、福字，字体样式更为喜庆新巧，红纸也采用抛光工艺，不似当年那样容易褪色。很多商家都把这些对联免费送给客户，客户省了银子，将春联贴在自家门上，同时又为商家作了免费广告，可谓"双赢"。可是流水线上的产物，总让人觉得缺了点儿什么，认真想来，大约是那饱蘸浓墨，一笔一笔写出的心意吧？

蓦然觉得，童年记忆里那淡淡的墨香和浓浓的年味，都一并随着旧年的时光，逶迤远去了。

老爸的退休生活

说起我爸,我奶奶总是竖起大拇指:"我家小姜,老实憨厚,脾家(脾气)好!"

可如今"小姜"已成"老姜",前阵子脾家(脾气)却特别爆,一点就着:一会儿嫌弃我在家里堆的书太多,一会儿抱怨我妈早上买菜磨蹭太久,一会儿又责骂我娃在家瞎闹腾。

从前家里一向是我妈说一不二,看我爸突然来这一架势,她当然不会轻易服软,常常和我爸大吵三百回合,以致气到最后终于忘了为什么而吵。就这么来回几次,我妈终于也开始疑惑,忍不住偷偷问我:"你爸这天天跟吃了火药似的……是不是……"她终于说出了自己的判断:"更年期到了?"

我表示不信:"没听说男人也有更年期啊?"

而后望向在厨房噼里啪啦剁菜解气的我爸,也不免心中一抖,偷偷揣测:"也许大概,是闲得发慌?"

我爸退休了。

从1979年到2019年,我爸40年的青春都奉献给单位,一开始在半导体厂做电焊工,后来半导体厂被春兰集团合并,爸因为踏实勤勉,又进修了大专学历,一步步升任到中层干部,这一路辛劳自不必说,大半辈子芳华岁月也是如歌的踏板,如今绷紧的弦一下松弛,反而不知该何处安放。

我们开始让着他,吃饭时也乘机劝他:"这么大年纪了,不要老为小事发火,适当找老朋友们聊聊……"

爸也不言语,闷声扒着筷子。

然后过了几天,忽然发现我爸看手机的时间长了,一个人还不自觉乐呵呵的,我妈警觉地问:"什么事这么开心啊?"

"我们建了个高中同学群,大家说要聚一聚,再喊上老师!"

"哦，这是好事。"我妈放下了心。

老爸在母校泰州五七中学时是班长，便自告奋勇承担组织的义务，在微信群里群策群力，从凑份子、邀请老师和同学、组织聚餐、餐后 K 歌，他忙得脚不点地，却又乐在其中。

终于到聚餐那天，一大早我爸就把他最得意的西装、衬衫拿出来烫了又烫，说了句"我不回来吃"就出门了，等到他带着微醺酒意回到家，已是晚间。

"陈老师今年 80 岁了，现在跟着儿子住在扬州，别看年纪大，人特别精神！"

"曹有贵那时候上学调皮得很，没想到还挺能混，现在是大老板了！"

"周兰芳开了个小超市，拿了些卖得好的零食给我们带回来……"

我爸跟我妈滔滔不绝地讲起几十年未聚的老师和学生各自的境况。虽然同学也时有联络，像这样大规模聚会，倒是头一次。很多同学和他一样，大半辈子工作辛劳，又要照顾家庭，很难给自己留下追梦的空间。到了桑榆之年，终于可以歇下来回顾自己的芳华岁月，各人虽命运遭际不同，但同学情总是那么纯粹美好，唤起许多回忆。

这场同学会开启了老爸退休后的新生活。他把这次聚会留存的合影纪念一张张分类管理，而后在淘宝网找到可以订制照片挂历的店家，把这些合影制作成可以挂在家中的挂历，兼具实用和纪念价值，而后分别寄给或带给班里的老师和同学。大家都纷纷为他点赞。

"成天忙得颠颠的……"我妈看此情形，不免又发起牢骚。我爸呢，也只是憨憨一笑，倒是不怎么在家发无名火了。

事后我妈又对我讲："算了算了，你叫他成天干啥呢？最近你爸心情倒是不错……"

有了退休同学这个交流圈子，老爸也发展了更多爱好，譬如玩抖音，去年国庆节，他们几个同学相约在国旗下，统一戴红围巾，手拿小国旗，合影留念。视频花絮传到他的个人抖音号，点赞数也是纷纷上涨，每看一次他就给我们报喜。又比如弹电子琴。有天我爸兴冲冲地告诉我们,下午他准备报名去学电子琴了。

"在海陵区老年活动中心:电子琴课,两个月8次课,一次一个半小时。老浩叫我跟他一起搭个伴儿。"老浩是爸的高中同学,也是才退休不久。

学习回来,我爸话也多了,讲起上课的事眉飞色舞:

"教琴的老太太真不简单,原来是专业弹电子琴的,来上课倒不是图钱,就是怕自己的专业荒了,找个地方练练手。不过,老太太教得特别认真负责,现在的小年轻,很难有这个精神了!"他不禁感慨。

原本,他们班一学期将结束时,准备在年后举办一个毕业展演。

"老太太说了,要是毕业展演弹得好,她向领导争取,接着再办一期带我们,让我们多学几个曲子。毕竟现在这8次课只是初级阶段。"从此我爸弹琴的热情更高涨,每天坚持练习。可惜碰上疫情,目前展演仍搁置。不过,他们这些学员和老师的感情并没有因此减淡,在微信群里打卡练习忙得不亦乐乎,每天晚饭后,我们也得以在家中欣赏我爸弹奏的音乐。

"1—3—2—6—5—3……"

"小城故事多,充满喜和乐……"悠扬的曲调响起,散去多少哀愁,凝聚多少美好。

以最美的姿态老去

　　杜拉斯最让人感喟的话是："我已经老了，有一天，在一处公共场所的大厅里，有一个男人向我走来。他主动介绍自己，对我说：'我认识你，永远记得你。那时候，你还很年轻，人人都说你美，现在，我特地来告诉你，对我来说，我觉得现在你比年轻的时候更美，那时你是年轻女人，与你那时的面貌相比，我更爱你现在备受摧残的面容。'"

　　衰老对于正处在韶华光景的我们来说，是神秘得带点恐慌的。十三四岁时几个小女生坐在一起聊天，不经意就触及关于老死的话题，最漂亮可人的那个女孩说："我希望在30岁的时候因事故死去，这样才是绚烂年华完美的终结，若让我眼睁睁地看着自己的容颜慢慢衰颓凋谢，实在是一件可怕的事。"她双手托腮，微微眯起眼睛，仿佛在叙述一件与己无关的话题。尽管我们都明白只是孩子气的玩笑罢了，但如此惊世骇俗的论调若是被长辈们听到仍是会大骂的，而同龄的我们虽然认为极端，可似乎也找不到有力的理由反驳。年少的我们总是希冀长久沐浴在明媚温煦的光辉中，难以预想皑皑雪痕渐次滞于发际的落寞与苍凉。

　　或许是骨子里存在那份不安定的因素，女人们都向往传奇，而传奇往往只在声色光影中营造。置身于沉沉的黑暗中，心情随着银幕中的她们跌宕曲折的命运而起起落落，这些女子，她们美丽却彷徨、骄傲却脆弱，历经不凡人事，笑容开始展现坚定与从容……灯一亮，散场了。我又会遐想，演绎这些角色的她们，又在现实中演绎怎样的自我？奥黛丽·赫本是我最欣赏的女明星之一，她在光与影的世界里塑造了众多如天使般纯美优雅的形象，从窈窕俏丽的公主到沉静清郁的修女，世人被她夺目的明星光彩折服。殊不知红颜弹指老，岁月不可磨灭的印记悄然改变了如花面容，有一天荧屏上的她再不能如往昔般得到炽热的响应了。聪慧的她激流勇退，坦然于影坛沉寂，不去留恋浮光掠影的荣华。天使的荣光却并不因此黯隐消沉，而是普照到辽远贫瘠的非洲大地，在生死线上挣扎的饥苦幼童们不会知晓高贵优雅的影坛公主，更不会将眼前和善可亲的老妇人与之联系。资料照片上瘦削清癯的赫本怀抱纤弱的非洲孩童，眼神中积淀着深沉的悲悯情怀，此时的她，褪尽名利场上的纷扰铅华，幽邃的眼神里蕴藉了更多的睿智与从容。我不由想起另一个传奇——张曼玉，刚出道的她稚气娇俏，却未曾想漂亮变成一种负担，导演们习惯性地将其归派到花瓶之列，流转的胶片记录的不过是没有质感的表演，"美则美矣，没有灵魂"。然而这样一个女子是不会甘于沉沦的，从《阮玲玉》到《清洁》，仅仅用了十几年的时间，她让整个世界都惊羡于如此风情万种的华美转身。时光将她迷幻旖旎的气质雕琢得愈发精致，使我们懂得唯有沧桑才能映衬出美丽的淳厚韵致。

人们说岁月如寒风，可总有那样的女子，嫣然笑对呼啸而来的时间，以最美的姿态老去，不忧，亦无惧。

我也羡慕我的祖父母，喜欢抚摩祖母枯瘦皱蔫的双手，那里写满辛劳却甜蜜的过往；喜欢轻轻梳理祖父灰白稀零的头发，那里记录了沧桑且厚重的点点滴滴。祖母比祖父小十岁，当年秀美爽利的祖母经由她姐姐的介绍，悄悄瞅视着照片上身着戎装气宇轩昂的男子，一些微妙的情绪便悠悠然在心中漾开来……翻开旧黄的老相册，一个少女斜倚在油漆斑驳的门边，两条粗黑的麻花辫闲闲地垂在肩前，明眸皓齿衬着青涩的笑靥，越发显得鲜亮动人——那是我年轻的祖母。祖父少时因为家贫而入伍，随着中国人民解放军辗转奔波于枪林弹雨里，尔后又在战争中负伤，在部队里休养了几年，遇到祖母那年已经27岁了。彼时祖父因为没有文化，也因为他的温厚无争，退伍后仅仅被分配到一家房管所做瓦匠，看着他的许多战友纷纷获得优厚的工作待遇，祖母从不埋怨，她和祖父一起为家庭辛苦地操持奔波，可在艰难的岁月里自然免不了一些细琐的分歧，年长的祖父也总能以他的宽容和默默给予，令祖母感受到那份厚重踏实的幸福。退休后祖父爱钓鱼，满载而归时又禁不住钓友的怂恿去喝上几杯老酒，回到家自知免不了老伴的数落，他常常在祖母开口前憨笑道:"瞧瞧这些鱼多新鲜,明天把孩子们都叫来尝尝啊!"祖母嗔怪地看着眼前的老小孩,一边又欢喜地去给我们打电话……我常常安静地依在祖母身旁,痴痴地听着她关于当年的怀想,黯淡的容颜现出青春的光彩。"年轻真好,可是,现在也很好……"她喃喃自语着,一边轻轻抚弄我的发梢,眼光又温柔地落在摩擦渔具的祖父身上。几十年他们携手共度,以彼此的互诚相守释解了曾经的龃龉与磕绊,换来了而今夕阳的灿美光泽毫不吝惜的倾洒浸润。"死生契阔,与子成说;执子之手,与子偕老",就这样相依相偎到白头,平淡也罢琐碎也好,又何尝不是完美的人生?

　　平凡如我,无法预知未来,只是静静守望在时间的无涯荒野,怀想老去的美丽……

爷爷的往事

爷爷去世很多年后，我遇到的人们仍然不断地提起他。

我父亲常在不经意间说起爷爷的往事，说起当年那个叫姜宝裕的年轻小伙艰苦的童年：他的老家在海安，父亲因肺痨不治早亡，留下哑巴母亲和他们兄妹3人，无以为继，讨饭为生。

到了1947年，17岁的爷爷为谋一个出路，参加了中国人民解放军，在部队奋勇作战，其间当过班长，立过三等功。到了1954年，爷爷患肺结核住院，这个病在当时几乎就等于绝症，所幸部队为他积极治疗，4年后治愈出院。当年他父亲的悲剧命运，没有在他身上重演。所以爷爷一生都真心感恩党。

复员后，爷爷带着奶奶一同安家在这温馨的小城海陵，爷爷做过机械厂、制鞋厂工人、泥瓦匠、房管员等工作，一直兢兢业业，辛勤劳作。我见到爷爷时，他已经是个温和的退休老人了，爱钓鱼，爱下棋，酒量很小，却特别馋酒。人人都说爷爷脾气好，说我奶奶泼辣，唠叨老头子一上午都不见他吭声。但他要是真生了气，我奶奶是半天不敢回话的。夫妻俩就这么絮叨着过了大半辈子，直到爷爷离世时，他最牵挂的还是老伴，郑重交代儿女："要把你们妈妈照顾好。"

还有我的妈妈，说起爷爷，常感慨他当年的仁厚细心，我们孙辈都怀念他的慈爱。

他这么重情义，所有人，也都记着他的好。

去年，我竟意外地在海陵作协的活动上，听到爷爷的名字。是作家陈社先生和我说起，他当年见过我爷爷。

原来，陈社老师曾在《花丛》读到我的散文《书香四代情》，文章附的祖孙四代人图书证照片，其中就有我爷爷的一张，看着面熟，正是他20世纪

70 年代的旧相识。

那时爷爷是房管员，负责钟楼巷这一片区，陈社先生说："你爷爷很有耐心，脾气好。"那时房管员收房租很不容易。有人因家庭困难拖欠房租，爷爷也不催促；有人看到他来收钱，就摆脸色说话，爷爷也不着急。陈社先生继续回忆说："你爷爷到我家时，总喜欢坐一坐。因为我家人对他很客气，每次可以坐一坐，歇一歇，喝一杯茶。"问及我爷爷去世之事，陈社先生表情凝重，沉默了许久。

我听完，心里酸酸的，既感动于故交之间的点滴情谊，又因而想见到爷爷当年生活的不易。爷爷是个寡言的人，可是他的往事并不就此消失在时间之海。每一次诉说，都勾起我的思念。

记得电影《寻梦环游记》里说，身体的死亡，并不意味着人的消失，真正的死亡，是在没有人记得你时。

我们怎么会忘记？生命如此脆弱，可人对生命中重要的人与事，总是不思量，自难忘。那么离去的人，也以另一种方式存于我们心里了。是不是？

清明之际，以此缅怀。
2020 年 4 月 3 日于海陵家中。

爷爷临去的日子

真是奇怪，这么多的日子里，我都没有能够梦见爷爷、再见他一次。我常常遗憾，没有能够见他最后一面。我是在课堂上收到爸发来的信息的，知道了爷爷走的消息。在这之前，家里人已经有了心理准备，可是当事实摆在面前，仍然无法接受，有种不可抑止的痛，我刚与他道别不到两天，他就走了。

总是想起最后一次见他的样子，他已经瘦得没有样了，只有手臂因为输液太多而显得虚肿。我握着他的手，小心掩藏我的难过。走出医院，泪还是落了下来——走道的灯光很暗，幸好。我不愿意被别人看到现在的样子。刚刚在他面前，就差点止不住，可是在他面前，总归是要笑的。其实他都知道。"我没有多少天了"，他这样说，他比谁都清楚。我情愿他糊涂一些，这样会不那么痛苦。知道结局的痛，实在让人绝望。

他还问我："上学用钱困不困难，困难要告诉我。"

"没有，不困难，我也没有省。"

"哦，我这几天倒比较困难……"

他又闭上眼，发出呻吟声，肯定很难受，我们照顾他，却帮不了他。我来看他，他会拉起我的手，紧紧握着，那样病弱的身体，不知哪里来的力量，让人感觉，他手里攥着的是对生的期望。他们调侃他："看见孙女来，爷爷就欢喜。"他笑，不说话，那样的时候，我们想不到他是病着的。奶奶问他："今天什么日子啊？"他睁着眼睛，不答话，他记不得今天是中秋了。"不记得了。"她对我说，垂着眼，神情黯然。

其实心里最苦的，是奶奶吧。她18岁嫁给他，跟着他来到这个城市，一起走了50年的光景，现在，他没有办法陪她到老了，看他受苦，她总是偷偷拭泪。她比他小10岁，50年了，他总是容着她，惯着她，从我懂事，不曾见过他们争吵。

很久以前，我曾经玩笑似的问奶奶，"您怎么就看上我爷爷了呢？"她笑，我第一次看见她害羞，"小孩子家，问这个干什么！"可是经不住我纠缠，她说起那时，是她的姐姐先和一个解放军战士谈恋爱，姐姐说起她这个待嫁的妹妹，战士又谈到他那个未娶的战友，于是撮合起他们俩。尔后她看到他的照片，英姿勃发的年轻军人，眉眼透着刚毅朴实的气息，一种细密的情愫便在心中荡漾开来……这是我听过的最美的爱情故事。

从那个艰难年代里走到现在，她的老观念总是不能改变，十分的节省，一盘菜可以来回热上好几顿，爷爷并不过问家用，奶奶做什么，他便吃什么。父辈们看到了，却都忍不住会说上几句。他总是维护她，"有什么要紧啊，好好的又不是不能吃。"有一次他还生气了，"你们要是嫌弃我们老两口就不要回来！"奶奶和爷爷是两种性格的人，奶奶是个急脾气，有的时候遇到事情，会抱怨很久，他只是静静地坐在那里看报、整理渔具，并不搭话，没多久，她也便平静下来。我一直觉得，他们是完美的互补、平淡的幸福。

他终究还是走了，一直受着病痛的煎熬，或许这也是一种解脱。他病危的时候，是多么的不甘心，他是一个老战士，在战场上受过枪伤，二等乙级革命伤残军人，年轻时得过当时算是绝症的肺病，也经历了新中国历史上最艰难的三年自然灾害，因为没有文化，从军中复员后一直做着最普通的瓦匠工作，一度生活拮据，可是他从来没有被困难打倒过。然而却在将要好好安享晚年的时候，无可奈何地倒在了病床上。他还没有享够儿孙福，放心不下同样操劳一生的奶奶。虽然在生病的时候，他也会无端地向她发脾气，她像个委屈的孩子一样忍耐，因为她是他最亲的老伴，在那样的时刻，他唯有用这种方式宣泄对死亡的恐惧。然而在即将离世的时候，他只向儿女们嘱托了两件事，一是办好他的后事，另一件就是照顾好奶奶，他舍不得她。

在守灵的两天，在灵车送他的路上，在火葬场的告别仪式上，在他的墓前祭拜的时候，她泣不成声。

我的爷爷，我至今记得他健康时的样子，常戴藏蓝色帽子，头发已经很稀疏，所以很怕冷。他总是戴着老花眼镜看报纸，眼镜是很古旧的那种，他一直不肯换副新的。他喜欢钓鱼，在湖边一坐很久，看清凉风景，和其他老人一起闲聊，并不在意是否钓到鱼；他养小动物，仔细侍弄它们，看着它们吃东西，自得其乐；他还喜欢和人下棋，一下就忘了时间，总是奶奶去寻他回家吃饭。他有四个儿女，四个孙辈，且均是两男两女，人们说他是有福之人，他笑，看到儿孙们团聚在一起，他便高兴得溢于言表。他是个知足的人，对幸福有着最简单的定义。

他心疼我在外面上学，觉得我吃了苦，总是叫我不用省钱，缺钱可以问他要。他是爱我的，我知道。虽然他曾经有些重男轻女，当年在得知妈妈生下的是个女孩时，他曾独自回到家里，躺在床上生闷气。那是他们那个时代遗留下来的观念，我从来没有怨过他，从来没有。我的爷爷，我是爱他的，却始终未曾真正与他亲近，从未跟他撒娇，不会像和父母那样自然而然地问他要零花钱，甚至在与他独自对话的时候，总是木讷地找不到话题。我爱他，却一直不知道怎样去爱。他生病的时候，我到外地上学，没有办法用更多的时间陪伴他。他不怪我，临走的那天，他还要我早点回去休息，叫我要以学业为重。

我点头，我微笑，我从来没有在他面前哭过。在他走的第二天，我回到家，看到他被一床被子盖着，我看不见他的脸，只能看到藏蓝色的帽子和鞋，我跪在他的面前，痛苦蔓延，泣不成声。

在火化前的告别仪式上，他静静地躺在玻璃棺里，为了让他显得有生气，工作人员已给他化了妆，可是那红色胭脂如此鲜明，更加突出他的苍白消瘦。我绕着他走，眼眶再次湿润。

我祈愿，我的爷爷，他是那样好的一个人，在另一个世界里，他定能得到安息……

2006年10月忆祖父。

记得来路

清明的风吹起，蒙蒙细雨中夹带着些许寒意。

我们来到墓园拜祭祖父。

"父亲姜宝裕之墓（1930—2006年）"，祖父的儿女，用黑漆在石碑上刻印逝者的名字，肃穆、庄重的气氛，承载了一家人对祖父的思念与敬意。我的祖父如果活到如今，也已经90周岁。愿他在另一个世界里一切安好。

感受到家人的沉重肃穆，我7岁的女儿也从出门后的跳跃变得安静，她乌黑的眼睛有时会探寻地望着我，我抑制住内心的思念与悲伤，蹲下来对女儿说：

"这是你的曾爷爷，以前你还小，妈妈没有和你讲曾爷爷的事情。回头，妈妈告诉你他的故事。"

女儿似懂非懂地点了点头。

我的祖父姜宝裕，幼年历经坎坷，1947年他17岁时，参加了中国人民解放军。他这一生，有在温饱线上的挣扎时期，有跌宕起伏的战斗经历，有与亲人携手扶持的温情岁月。他，也许也不过是那个年代里极普通的一个个体，然而于今日的后代子孙而言，回顾他经历的岁月，是对那段激情燃烧的岁月的了解，也是不忘来路的寻根与铭记。

一段段往事，听到的、看到的，渐渐连成了一线……

1938年，江苏南通海安吉庆乡。是夜，感觉身边有窸窣的动静，8岁的男孩宝裕从瑟缩的睡梦中醒来。他看到小妹素萍被隔壁的王姨抱着，而宝裕的妈妈周坤英正轻悄悄地收拾小妹的几件衣服。宝裕有种不祥的预感，上一次妈妈收拾包袱，送走了宝裕的姐姐素珍。素珍姐才10岁，瘦瘦弱弱，却很懂事，她帮爸妈做家务毫无怨言，还帮着照顾自己和小妹。因为爸爸妈妈在地主钱麻子家租种了6亩地，为了一点微薄的口粮，起早贪黑，顾不上仨孩子。宝裕其实和素珍姐待得时间最长，感情也最深。姐姐走的时候，含泪摸摸他的头，说是去亲戚家住两天，就带着小包裹一步一回头地离开了。那时宝裕不懂，以为过两天姐姐真的就能回来，直到他模模糊糊地听邻居说，爸妈把姐姐送到东台魏家做童养媳了。

"还我姐姐！"

一听到真相，宝裕就哭着跑回家，拽起爸爸的袖子大闹。爸脸涨得紫红，抡起拳头想捶他，"咳……咳……咳……"

还没打到宝裕，爸就咳喘起来，急促得像是要震破胸腔。宝裕知道爸最近身体越来越不好，爸太苦了！田里的活他一刻也不敢歇，可是好不容易收来的米粮，大部分都得交给地主钱麻子家。爸病了，家里却没钱看大夫，只能拖着……宝裕不忍再怪爸，一人跑到无人处哭了好一会儿。后来，爸永远地离开了他们。

没想到，现在小妹也要被抱走了。

"妈，不要带走小妹了！"宝裕绝望地叫起来。

还在襁褓中的小妹听到吵声，哭起来，妈赶紧去轻拍小妹，小妹安静下来。妈妈是哑巴，说不出话。

"呃……呃……"

她欲说不能的神情让宝裕心痛，妈走过来抱住宝裕，宝裕感到肩头湿湿的，是妈哭了。旁边的王姨劝他：

"没有办法，不送走大家都饿死。你爸不在，靠你妈妈一个人，养不起小妹了，让小妹到人家还有口饭吃。"

是啊，现在爸爸也不在了，宝裕还记得爸矮矮的坟头，记得妈绝望的眼神。不能让妈为难了！而现在，宝裕只能沉默，让泪不住地流淌，他眼睁睁地看着小妹就这么被抱走。宝裕从来没有像此刻这样感到命运的不公：为什么地主钱家的儿子，不仅能吃饱穿暖，还总是使唤捉弄我们这些穷孩子？而我们家，爸妈那么辛苦地种地，我们忍饥挨饿，家人却一个个离去了？看看自己小小的手，他感到自己这么的无力，他暗下决心，将来一定要撑起这个家，找回姐姐和小妹。

1947年，江苏扬州高邮。17岁的姜宝裕已是一名中国人民解放军战士，瘦瘦高高的个儿，脸色虽然因营养不良而显得菜黄，可又因为年轻，因为满怀希望，眼神中显出遮挡不住的光亮。他被分在苏北军区特务连。部队生活很艰苦，但他和战友们感情很好，大家都是穷苦人出身，彼此相帮，觉得现在打仗，是为了将来一起过上好日子。

他想起一个月前，同村的徐长根喊他来谈事，徐长根自小跟他一起玩，他们家也租种地主钱麻子的地，不过徐长根家里条件比宝裕家好些，毕竟他爸妈都在世。徐长根告诉宝裕，自己打算去国民党部队。"宝裕，你跟我一起参军吧！你看国民党的士兵看起来多威风，我们参军，就能享福了！"然而一向温和的宝裕却没有吭声，他想了想才说：

"长根，我不喜欢国民党的人，那些长官来，对我们都是吆五喝六的，不把咱当人看。"

长根听了宝裕说的，忽然也触动了心事：

"你说得对，国民党的那些长官从来不管我们的死活，跟钱麻子一起搜刮我们这些老实种田的，我们家种的粮，一大半都被他们抢走了。"

说到这，长根也现出愤愤的神色。

"长根，"宝裕接着说，"我看咱还是去共产党的队伍，现在隔壁乡正在土改，听说共产党主张'耕者有其田'，就是把地主占的地分给我们，咱们都能有自己的地，靠自己的力气能过上好日子！"

"真有这么好的事？"长根露出欣喜的神色，"那地主钱麻子就不能那么耀武扬威了，我们有自己的地，种田也有个盼头啊！"

宝裕和徐长根加入了军队，都分在苏北军区特务连，两人都有极强的使命感，也都是吃得了苦的人。可最放心不下的，还是家里的亲人。徐长根还好，有一个弟弟还在家里，可以陪伴父母。宝裕想起自己的哑巴母亲周坤英，心里不免一阵酸苦。但让宝裕意外的是，自己决定参军时，母亲没有极力反对，虽然眼泪在眼眶里，很不舍，但还是默默地替宝裕收拾包袱。这么多年来，宝裕和母亲相依为命，母子俩有自己的交流方式。宝裕通过母亲艰难的手势，看懂了母亲的意思：

"别担心，现在共产党给咱家也分了田，我在家种地，能养活自己，你在外面照顾好自己……"

宝裕忍住不流眼泪，跟周坤英说：

"妈，儿不能在你身边尽孝，这一去也不知什么时候才能回到你的身边，但为了将来我们能过上安稳日子，我要走出这个穷苦的地方，为革命闹翻身求解放，总有一天我会回来的。"

回想至此，宝裕的泪水像决堤一样，他暗暗下决心，一定要在部队好好干，打倒老蒋，不再过被地主剥削的穷苦日子，要翻身做主人！

1957年，上海部队疗养院。姜宝裕已经27岁。战火纷飞的年代洗礼了他，他的面庞显出骨骼分明的棱角，有一种部队出身的人才有的英气；此外又略带与生俱来的腼腆与忠厚，给人一种亲切感和信任感。

住院近两年了，宝裕坐在病床边，回想起在战场浴血奋战的岁月，恍恍惚惚真如隔世一般。可是摸到手边的盒子，一切记忆又翻动起来，这个盒子里，存放着他在战争中得到的嘉奖和一些纪念章，他还用一个小本子，记录了自己参军的履历，那时的想法很简单：家里只有老母亲一人，自己在生死莫测的沙场上，总要留存一点儿曾经奋战过的凭证。

1949年1月至1949年4月，到一分区十三团一营营部担任通讯员，指导员卢进；

1949年4月至1950年8月，常州军分区一八团一营营部任通讯员，其间参加渡江战役；

1950年9月至1951年，警备十旅一八团一营营部通讯员；

1951年至1952年9月，公安十七师通讯连通讯员；

1952年10月至1954年7月，华东财政总队队部通讯员；

1954年8月至1954年10月，华东公安护航团军训队学员；

……

"宝裕,看起来精神不错啊!"宝裕正慢慢翻看这些记录,突然听到一个熟悉而爽朗的声音,宝裕抬头一看,一个瘦高小伙出现在门旁,细眉细眼,皮肤黝黑,是徐长根!两年不见,徐长根看起来更精干了,但还是洋溢着乐观阳光的精气神。宝裕惊喜地问:

"你怎么来了!"

"来看看你!我快要转业回海安了,想家,但也挺舍不得你们这些战友的。"徐长根真诚地说道。

"对了,还记得百万雄师过大江那会儿吗?"没等宝裕说话,徐长根又问起宝裕他们难忘的并肩作战的岁月。

"怎么不记得?!那时没有车子,我们一夜急行军100多里。竟然走过来了!我还记得,你走着走着就睡倒在田里了,"宝裕笑笑拍着徐长根的肩膀,"还是我硬把你扶起来的。"

"嗨!"徐长根不好意思地摸摸头,"那是真累了,不自觉就倒地睡了。你别说,我在田里这一打盹,过江打老蒋更有精神了!"

"说起来,咱能有这个好时候,真不容易。咱们那时虽然吃了苦,但比起牺牲的战友们,我们真是幸运啊!"宝裕感慨道。

听宝裕这么一说,徐长根眼神也变得凛然,两人都沉默了许久,为那些为国捐躯的战友哀悼着。

"对了,你啥时候能出院?说起来,住院两年了吧!"徐长根想起探望宝裕的因由,问道。

"快了,医生说再观察两个月,没有后续感染就可以出院了。说起来,多亏了咱们解放军,我才能活下来啊!"

姜宝裕感染的是肺结核。在20世纪初,肺结核又被称作"痨病",普通老百姓得此病,就等于没治了。宝裕的父亲姜长青当年就死于这个病,因为没钱治疗,最终在家里痛苦地死去。姜宝裕起初听说自己得了"肺结核",也如天塌下来一般,他担心自己万一不治,老家的哑母就无人依靠了。幸运的是,组织上及时送他到部队医院,医生对他的疾病进行积极诊疗,他逃过了鬼门关。旧社会时父亲姜长青遭遇的苦难,没有在他身上重演。受当时医疗条件的限制,他的左下肺叶被切除,左第六肋大部被切除,至今左腰间有一道长约 30 厘米的刀痕,直到 1958 年 2 月治愈出院,他因左肩不可自如运动,最终被定为二等乙级革命伤残军人。伤口恢复较慢,部队安排宝裕住进了中国人民解放军三十六疗养院,经过两年多的疗养,他终于渐渐恢复了健康。

宝裕真心感谢党,部队中的战斗生活虽然艰苦、残酷,但他想到自己是为翻身做主人、不再受地主压迫而奋斗,就充满了干劲。这么多年作战,他不畏险不惧难,多次在战斗中立功,并且患病前还当了班长。而这两年若没有部队的支持,自己的病也不会最终治愈。这种对党的感激之情,贯穿了他的一生。

"其实吧,宝裕,我今天来,还想关心关心你的个人问题。"

徐长根比宝裕小一岁,两人从小长大,感情像兄弟一样。看到宝裕也 27 岁了,之前因为生病,婚姻大事也耽搁了,一直帮他挂心着。

可巧,姻缘就这么来了。本来徐长根经南通同乡介绍,和如皋夏堡乡一个叫肖桂凤的姑娘处对象,两人蛮谈得来,已经快要结婚了。徐长根和桂凤姑娘谈起:

"我有一个同乡兼战友人很好,之前生病疗养,一直没有遇到合适的对象。"

小凤姑娘一听,高兴地说:"巧了!我的亲妹妹肖桂芬,现在 17 岁,我正担心,我和你结婚了,她一个人在家乡怎么办。"

小凤姑娘牵挂家里的妹妹小芬,是有隐情的。因为贫病交加,她们的父亲也是很年轻就去世了,母亲迫于生活改嫁,后来又生了小孩。她们姊妹两个一开始寄居在奶奶家,奶奶去世后,她们实际就是靠邻居们接济艰难度日。所幸姊妹俩都勤快,做些力所能及的耕种缝补活计,也在坎坷中长大了。可姐姐小凤要是结婚了,剩妹妹小芬在家,实在孤单可怜。

所以,徐长根这次来,就是问问姜宝裕的意思:

"不然,你俩先互换照片,看看有没有眼缘,有眼缘就见个面。"徐长根给宝裕出主意。

肖桂芬从姐姐肖桂凤那里，拿到了姜宝裕的一张军装照。小芬姑娘看到黑白照片上的男子，额头宽厚，鼻梁高挺，挺好看的，但又不让人觉得浮夸。他的眼睛细长略弯，神情似笑非笑。桂芬边看边想，脸也悄悄红起来："穿军装的人，心眼应该挺好，看着像实在人。"于是她心里已经暗暗下了一个决心。

姜宝裕也从徐长根那里，拿到肖桂芬的照片。简易的门框边，一个少女斜斜倚在那里，两条粗黑的麻花辫垂在肩前，嘴边露出略显羞涩的笑容，最动人的是少女那乌似点漆的大眼睛，宝裕心里一动，觉得这个姑娘仿佛在望着自己。

"她才17岁啊，还这么小，这事如果成了，以后要让着她点儿。"宝裕默默地想着。

这样的相遇，一见钟情；后来的故事，水到渠成。

2002年，江苏泰州海陵。一个正上高中的女孩在写作文，题目叫《我的祖父祖母》。

写完文章，女孩不禁微微一笑，准备明天周末去爷爷奶奶家看看他们。

我祖父的故事那样悠远漫长，可是我能知道的，也只是几个截断面，即使是截断面，也可折射人生的脉络，时代的变迁。我把它们细细地讲给我的女儿听。

"妈妈，那个写作文的高中女生，是你吧？"女儿认真听我讲完，轻轻问我。

"是啊，那时的作文，还被老师在课堂上当范文朗读了呢！虽然现在想起来，真正打动人的，就是那些朴素的人生啊。"

回想起扫墓的情形，那在风雨吹打下略显陈旧的墓碑，每每想起都让人心生酸楚和怀念，墓碑上刻印着"父亲姜宝裕之墓"几个字，而"母亲肖桂芳"之字亦并排印于左侧，不同的是，逝者的姓名用黑漆覆上，而未亡人则是红漆。这意味着百年之后，奶奶和爷爷同寝于这处墓穴。这是一种凄楚的等待，也是一种无言的承诺。所幸祖母如今乐观地生活着，为自己，更为祖父,珍惜他们一起走出了旧社会,珍惜他们在新时代迎来的每一刻美好。

幼时,父亲常给我讲我祖父的故事,而现在,我也给我的女儿讲起她外曾祖父的故事。我在任教的学校里,也会给我的学生讲起:"你们应该写写你们的家族史。"我对他们说道:"你们的祖父,你们的曾祖父,他们走过的路,值得你们记录……"看到他们若有所思的神情,我继续说:"因为,只有记得来路,才能更好地前行……"

疫情下的时间

今天几号？今天星期几？

疫情之下，我和我的学生，都不免有此困惑。迷茫于时间，不知今夕何夕。

人到底是脆弱的存在。当硬性的作息时间和固定的学习场所在不提防间撤去，自律，便是一个大考验。

课代表小杨平日是很用功的那类，却也和我承认："家是舒适圈，一开始学习的效率确实不高。"但她善于及时调整："坚持不下去的时候，我就去看心仪大学的宣传片，然后制订每科日计划，一步一步完成。"学生小张的经验是，和几个目标一致的同学建立一个微信群，每日在固定的时间互相汇报背单词数、练习量等，即使隔着屏幕，有目标的孩子仍铆着劲你追我赶，互相在打气。而小曹，一直坚持睡前写读书笔记的习惯，她的经验是，并不必排斥手机网络，不能出门的日子，如果没有手机和外界交流，人反而会更焦虑。她在读某本书时，会在微博、豆瓣等平台，看看别人的评论，由此发现那里有许多喜欢读书的人，他们会做总结，写读书笔记，自己的一些思考在那里被印证、被启发，这个时候，漫漫宅家的日子，因为遇见声气相投的人们，变得不孤单。

我不禁给他们点赞，现在的孩子，虽说遇到一些波折，但是他们自有应对之策，年轻的潜力，不可小觑。

"时节如流，岁月不居"，时间以不可阻挡之力向前，而他们，都在时间里找到了自己的位置。

我也在时间里看到他人，寻找自己。"白雪却嫌春色晚，故穿庭树作飞花。"2月初时，恍惚间闻得立春已至的消息，却又在数日后，一夜听得寒雪飘落。朋友圈里，看到防疫站岗的人们，还在冒雪坚守，那些凝结在薄雨衣上的雪片，那一双双干裂皴红的脸，携着来自空气里的冷，也穿透你我的心，为他们抵挡严寒的坚守，致以最深的敬意。所幸一夜天晴。终相信，没有一个冬天不可逾越，没有一个春天不会到来。时间，终以坚定的节奏往前迈进。

仅仅仰仗外在时间终究不够，最终，我们应建立自己内在的时间秩序。惶惶然终日，于世界并无裨益。宅家的日子，不如在阅读中沉淀自我，先找到自我，才有可能缔结和世界的联系。

这个时候，不如读一些和时间有关的书。

譬如余世存的《时间之书：余世存说二十四节气》。不得不佩服我们先民的智慧，以节气为自然命名，也不止于农耕经验、中医养生，而是推而广之，将之嵌入个体生命的序列中。从第一个节气"立春"讲起，"天下雷行而育万物"，这个万物勃发的时节，"冬去春来，这不仅是天地间的物象，也是人心的理路"。人们在这个复苏的节令里感受到温暖和希望。到最后一个节气"大寒"，天地归于凝定，万物收藏自我，却又有破启冰封的暗流涌动。古人认为，真正的君子在此时会顺时而动，处变不惊，反省修身，守岁寒之心，静待来年的风暖日暄。

一切周而复始，生生不息。

如今刚过雨水节气。久不得返自然，会有恍惚感。然春的讯息，到底不可阻挡。外面的阳光也在诱惑着我们。前几天的风尚夹杂冷意，这两天已是吹面不寒。

我去菜市场看了看，买到了螺蛳。回来挑螺蛳头，和春韭同炒，来自湖水与泥土的佳物达成默契，吃出了春水初涨的气味。秧草也正是鲜嫩的时候，一盘炒秧草也不需要什么花头精，佐以简单的油盐，拍几片大蒜，同入油锅翻转，时间不必长，留住植物碧翠的本色、清鲜的口感，多少天的阴霾，也终能在这一箸一食中荡涤七八分。

里下河水网的一切风物，想来正美。

2月20日，又看到一则好消息：南京的梅花岭风景区面向游客开放了。朋友圈里，已有文友踏山寻梅，白梅红梅开遍山野，颇为灿烂壮观，照片中的人们多了层口罩，眼中对这灿烂美景的盼望，却是遮挡不住的。想来家乡泰州的梅园，曲廊台榭，也有芬芳吐蕊，静待观者。春随人意，待到解封日，游园正当时。

而我最想念的，还是如今教书的校园里，教学楼边，幽径亭榭旁的几株红梅。去年今日此时，春风里，剪剪轻寒中，红梅那清幽的香味、素艳的风姿，颇有遗世独立之美。犹记得那时楼内书声琅琅，楼外春光宜人。而今，一切都是新的，只有旧情谊仍在。不久的未来，又将听到那些上课的读书声、下课的嬉笑声了，这些声音，伴着春景，才是蓬勃的生命力所在呀！生命的时间秩序，也只有回归这种张弛有致的井然，才能展现它最大的潜力。

疫情下，对一切遇见的生命，尤为珍重。流走的岁月，日日都是牵念。

宅家的日子，盘旋于流走的岁月，也敏感于即时脉动的自然节律，更开始潜下心，体悟生命内在的时间，把握内心的节奏。去读一本早已尘封的书，去信问候一位久不联系的友人，和家人在阳台沐光谈天，提笔写一些没有来路的心情……一切都指向生命的悄然变化。

今年的春天，虽说经历了最艰难的时刻，但冬去春来，风波过后，我们更懂珍惜，更怀期待，阳春布德泽，走入光辉中的我们，有更坚定的力量。

特别喜欢《时间之书：余世存说二十四节气》封底的一段话："年轻人，你的职责是平整土地，而非焦虑时光。你做三四月的事，在八九月自有答案。"在生命的时间之书上，做好春耕之事，耐住清寂辛劳的时光，才能在人生的秋天里，收获属于自己的那一份果实。

冬日夜读

冬日的氛围，适合夜读，在清寒、凝定的空气里，心也淘洗得沉静。

万物静默如谜的冬夜，最宜读诗。如今的冬夜，身处高楼，窗外公路上的汽车鸣笛声隐约传来，就算在夜晚，现代化的魅影仍不可能完全杜绝。但一旦进入诗中，对千年前寒夜的遥想，就绵绵可期了。

千年前新凉的夜晚，唐人韦应物也在遥想，他提笔"空山松子落，幽人应未眠"。潺湲如水的思念，就汩汩流淌至远方空寂的山间了。不过，韦苏州的"空山"，并不似王摩诘"空山新雨后"那般寂寥。王维吟咏的辋川虽然也有人迹："竹喧归浣女，莲动下渔舟。"可诗人于这热闹，只是旁观者，有种置身事外的萧散疏淡，他有知识分子那无可奈何的清高，并不能真的融入山林的人群中。而韦苏州不同，想起《红楼梦》中香菱学诗一回，史湘云评韦苏州为淡雅。但私以为，韦苏州虽淡雅而不枯寂，是有热心肠的人。"身多疾病思田里，邑有流亡愧俸钱。"纵使屡遭磨折，韦苏州也终究不舍像摩诘那样隐居山水，他心里割舍不下对家国人事的牵挂。也正如他对山间"幽人"的情怀，是一种空间相隔的思念，也是一种对深厚情谊的了解与笃定。他笃定此时此刻，那幽居山间的邱姓友人也同样因惦念自己而惆怅难眠。身处不同的空间，辗转反侧却是一样的。

代为之思，其情更远，想象让思念在远隔天涯的夜空里往返，更显情深意长。

思念的诗意，并不拘囿于平平仄仄的七言五言里。晋人的手帖，其实也极有韵味。晋人书法本就酣畅淋漓，最见性情。而手帖本就是亲人挚友间的往来印记，比其预备呈给世人的"作品"，言语或许不那么整饬，但还原本质的素朴，却别有动人的力量。

这里，自然跳不开王羲之。永和九年（353）的那场酣醉，让人们记住这位风流闲雅的真名士。《兰亭集序》也因一代帝王李世民的推崇，被推向至高无上的地位。这"千古第一行书"固然法度井然、哲思蕴蓄，可最见性情的，反倒是那些挚亲知交间的寻常手帖。书者纵然是名动千古的书圣，在当时的岁月里，亦不过是个渴望倾诉的普通人。读他的《快雪时晴帖》，就被那一个"快"字打动，雪是快雪，心也畅快。可这样的"快意"，终究是王羲之笔下少见的情绪。在他的手帖里，同样是雪，《积雪凝寒帖》里的雪意，厚重深沉，印照乱世中饱尝冷暖、饱尝离散后，王羲之心中的荒凉：

计与足下别廿六年，于今虽时书问，不解阔怀。省足下先后二书，但增叹慨。顷积雪凝寒，五十年中所无。想顷如常，冀来夏秋间，或复得足下问耳。比者悠悠，如何可言。

这是王羲之写给阔别26年的友人周抚的一封信笺，思君令人老，数十载的沉浮里，有多少不能言说的心事，一方薄纸，并不能写尽，这手帖里的不尽之意，被50年罕见的凝寒积雪裹挟，一齐下进半生应对宦海沉浮乱世离丧的王羲之心里，笔墨流走间，是书写者婉转顿挫的情绪。

读王羲之的手帖，也更能理解在那篇《兰亭集序》里展示的，本是人人向往踏茂林修竹、品流觞曲水的雅境，而王右军的文字里，为何时时隐伏"悲"与"痛"？手帖背后，揭开了这个貌似风光的右军的故事，是南朝文人在丧乱颠簸中遭遇的迷茫、困顿，乃至折辱。生命在沉浮间，连书圣也会时时下笔"中冷无赖"（《何如帖》）、"寒切"（《寒切帖》）等语。那些简短而勾连的笔意里，藏着其内心的荒凉冷寂，对生命卑微萧索的无可奈何。

我又不禁感怀历史长廊里的一个个诗人，冷寂的时刻，那些生命中的风雪，他们如何凭一介微末之身去抵御？

我遂想起诗人生命中的风雪。"雪拥蓝关马不前"，当韩愈写此句时，想起毕生坚守的家国信仰，想起朝堂上风云突变的争斗，想起爱女香消的悲痛，纵使是英雄，又如何经得起这一次次风雪的击打？"一封朝奏九重天，夕贬潮阳路八千"，总是自诩硬骨头的韩文公，在真正面临人生的跌宕时，也不免悲酸交集。那一腔不死的梦，不老的心，在风雪中无处安放。

刘亮程说，落在一个人生命中的风雪，我们不能一一看见。毕竟，人类的悲欢并不相通，但未必不能共情。我为铮铮铁骨的韩文公，在人生寒夜里仓皇的这一声哀叹，而顿笔痛惜。

明清的小品文也是诗。2020年家乡海陵的第一场雪于晚间落下时，我在读张岱。"雾凇沆砀，天与云与山与水，上下一白。"一篇精短的《湖心亭看雪》，颇具丹青画意，着雾凇写意，以飞雪留白，天然江山，处处嵌入生命永恒的孤独感。于是惊叹，这位执笔人，怕不是看破红尘、参透禅机的世外高人？直到读到他的《自为墓志铭》，才明白并不全是，他也曾"极爱繁华……好鲜衣，好美食，好骏马，好华灯，好烟火……"，陋室空床，当年也是笏满床。繁华如梦，过眼皆空，国破家亡时，唯剩破床碎几、折鼎病琴。当局者迷，曾陷身富贵温柔乡的世家子弟张岱，在经受命运的当头棒喝，才乍然醒来。人也唯有经历这云泥之别的痛感，才会对生命有真正的审视，在苍茫大地辽阔万象中，回归宁静。我反复读了很多遍《湖心亭看雪》，这一次，又从那冷冽的冰雪里，读出澄明清澈的感动。不禁如舟子那般喃喃："莫说相公痴，更有痴似相公者。"

冬日夜读，大抵是托付这澄明清澈、似悲似喜的痴心。

孩子的春天

新冠疫情以来,许多天没有和孩子出门了。

小姑娘馨馨今年 6 岁,正是最天真烂漫的年纪。早在幼儿园刚放寒假那会儿,1 月 18 日左右,小姑娘就在自己的画作里,画出了过年的热闹场景:放鞭炮、穿花衣、笑容灿烂的小女孩。大约幼儿园老师们给孩子上了关于春节的课,让小姑娘开始对节日的热闹有了向往。

然而 1 月 20 日开始,武汉"不明原因肺炎"这一陌生的词,就频繁地在媒体出现,气氛也一日紧张过一日了。1 月 20 日,我想了想,还是带小姑娘去药店买了两包口罩,小姑娘奇怪地问:"妈妈,你不是不习惯戴口罩吗?"我也很无奈:"现在有一种病毒,需要准备这个做预防。"当时也没有想到问问有没有儿童医用口罩,但大约也是没有的。现在想想,那时也只是备用而已,如果知道后来的形势,就多跑几家药店多备一些了。

之后的很长时间,小姑娘都没能出去痛快玩一场。原本,家人在除夕、大年初二等日都在饭店预订团圆饭,原本长辈们还一心要去,终究在我们小辈们微信群里发的官方新闻的警示下,明白了不聚集的重要性。但那桌菜已订下,于是最后的吃饭地点换作我家,把菜从泰山饭店打包回来,并退订了年初二的团圆饭,泰山饭店也很通情达理,希望疫情期间饭店的工作人员也能安然度过。我爸、我叔两家人,还有我奶奶,一起在家里吃了团圆饭。虽和往年不同,但一家人聚在小小的空间里,没有饭店程式化的上菜,反生出久违的温馨感。我爸和我叔约定,今后团圆饭,两家轮流做东,就不去饭店了。小姑娘是不太同意的,她喜欢饭店的热闹,甚至准备好了过年装扮,准备在酒店富丽堂皇的环境里"展示"的,但也只能无奈作罢。

春节期间,新闻报道出疫情的严峻复杂,我们越来越少出门,偶尔匆匆出去购买日用品,也不敢逗留。原本向往的"过年",也变得很肃静。每天和小姑娘在家消磨时光，总怕时间就这么荒废了。我于是写了一些文章，也布置给学生作文。同时，小姑娘报的兴趣班，英语、画画等，会有打卡任务，每日陪她完成，时间倒也过去了。她当然想外面的世界，不过每天在我们的解释下，也多少知道这个病毒的危险，看到窗外大街上确实没有什么行人，她也只好接受不能出门这件事。

2月20日后的这几天，疫情防控有了阶段性的成效，泰州连续几天零增长。看着外面灿烂的阳光，小区外宝带河碎金般的水面，也觉得小孩子天性到底应和自然缔结。我于心不忍，谨慎地戴上口罩，同小姑娘一起到小区走了走。小姑娘对外面的一切都很好奇，扑小鸟、追猫猫，偷偷看也跟着家人出来的小姐姐……一切生动的事物，都显出别样的美好。戴着口罩的物业大叔正在铲除杂草、修剪枯枝，小姑娘惊奇地指着一处："妈妈，看红花！"枝丫间不知名的大朵山茶花正开得绚烂。我们还驻足于一棵光秃秃的树跟前，它光秃秃的，整个树干却显出饱满的银色光泽，枝丫间也包蕴着许多微红的芽苞，为绽放蓄力。

说到底，无论人世间如何变迁，自然的草木，并没有辜负时间的节律，从容完成自己的生长节奏。孩子的春天，到底仍保持着那种纯粹、明净的底色。

第三辑　心香一瓣

"好，一定！有机会，也想读一读你写的20万字。"我和一面之缘的常玫瑰，做了关于文学的美好约定。

临走时，我回头望望她的背影，看起来简单的马尾，其实有烫染过，是好看的棕黄小卷，在阳光下色泽柔美，像一朵悄悄绽放的玫瑰花。

开馄饨店的常玫瑰

南园是一处老小区,附近狭长的巷子,排布着几家小吃店,炸臭干摊子、侉子卤菜、南园烧饼,还有我之前不曾注意到的"茅山馄饨"。

门脸不大,但明黄底朱红字的店名还是能一眼辨出,店门外一穿工装的男人对着店内讲:

"老板娘,前天你老公关照我带的材料拿过来了。"

"好嘞,谢谢啊!"店门边一个穿靛紫外套的女人温和应道。

我这才看清这老板娘的面容,并没有猜测中的沧桑感,扎一简单马尾,鹅蛋脸,肤白唇红,显得干练又温柔。

我过来买馄饨是临时起意,路过南院小区,想起和我同在一个办公室的孙姐姐,偶然聊起在这里开店的老板娘常玫瑰。

"常玫瑰这个名字,当年在我们茅山初中,是人人仰望的。"

泼辣能干的孙姐姐说起她来,又惋惜又敬佩。

30年前的常玫瑰,是兴化茅山镇初中成绩拔尖的风云人物,老师们把她看作最有希望的明日之星,提到她总是笑吟吟的。孙姐姐当年还是小学妹,每次大考后,总和同学羡慕地议论起榜列头名的学姐常玫瑰。

常玫瑰的中考志愿是师范中专,那个年代最紧俏的专业,比重点高中还要高20分左右。偏偏马失前蹄,平时发挥稳定的她,中考却差了中专分数线10分。其实这个成绩已经可以上重点高中,可家里负担不起学费。于是她鼓足劲又复习一年,终于达到中专分数线,偏偏到了录取最后一关,被人反映她是往届生,没有资格报考,改变命运的机会又生生溜走。大概因为,那时中专生是香饽饽,学费全免,分配工作,城市户口,多少人都眼红那几个有限的名额。孙姐姐不无感慨地讲:"命运啊。"

我踏进店门里问:"老板娘,馄饨好外带吗!"

"可以，要生的还是熟的。"她边擦桌子边问道。

"生的。对了，是孙林莉老师介绍我来的。"

忙碌着的常玫瑰手下一顿，看着我眼里一亮："欢迎啊，你也是老师吧！"

"是啊，孙姐姐说你们这茅山馄饨很好吃。"

"你带回去尝尝看！你们孙老师很优秀呢！"

"可她却很佩服你，她给我看你写的文章，譬如最近你在晚报"坡子街"副刊写的《千江月》读后感，我们看了都很感动。读了你的文章，我都想读一读您写的书了。"我认真地说。

"真的啊！"她看起来很欣悦，这份欣悦和之前我初到时的熟络不一样，是一种发现同好者的热情：

"说真的，《千江月》里的感情，真的打动人，也没有讲多少大道理，你读了那些故事，就一点点被感化……"

"老板娘，两碗饺面！"正说着，一对母女进店点餐。

"好嘞！"她应着，并跟我商量：

"你稍等会儿行吗？我给她们现下好。再做你的外带。"

"好，没问题。"我正想和她多聊会儿，便欣然应允。

案板上是一大团已备好的馅料，肥瘦肉唱主角、葱姜配戏，用小勺挖一块，搁方饺皮侧边，灵巧地一卷，左右两边叠，再轻轻一捏，我还没反应过来，一个乖巧的生馄饨成品就出现在案板上。几乎一秒一个，轻巧麻利，一气呵成。我赞叹：

"好快！"

常玫瑰笑笑，"十几年的手艺，习惯了。"手并不停，生馄饨下到沸腾的大钢精锅里一滚，用漏勺舀上来，放到备好猪油、佐料的碗内，热水一冲，青蒜花一洒，顿时鲜香四溢，馋虫撩人。

我实在好奇："这么忙，哪来的时间写文章呢？"

"其实也还好，譬如客人吃饺面的时候，我坐在案台旁边，就可以在手机上写点东西了。就是时间比较琐碎，写不了长的。"

"是啊，写长篇要大段的时间。"我也深有感触，认同地点点头。

"不过，这些年一点点地写，也有20多万字了。"她补充道。

轮到我震惊了："20多万字？你这店，从早忙到晚，抽空写真是不容易。"

她不好意思地笑起来："嗨，你不知道，前两天我躺在床上写一篇文章，写着写着，实在太困，手机打到头了，就赶紧结尾睡觉了。连我老公也笑我。"她又换上满意的神情："没想到第二天早上一看，这个结尾收的竟然还可以，不影响文意。"她说起写作，眉眼弯弯，脸上有种奇异的光彩。

"那是真的很喜欢才这样坚持下去的呀。"我说，又不无遗憾地补充道：

"孙姐姐说，你初中时作文就特别好，他们那时都仰望你呢。"我忽然停住，担心过去是她不愿提起的伤心往事。

她忙碌的手也只是稍稍停顿一下，声音里也只是稍稍多了惆怅：

"我有时也在想，这是不是命运？我平时作文都很好，谁曾想中考会偏题呢？要是作文不失误，再多个10分，就能考上了。或者如果家里条件好，有能力供我上高中……"隔着30年的回忆，她的声音里有沧桑的重量，眼角到底有了风霜的颜色。但恍惚也只是一瞬间的事，她马上又恢复到干练麻利的常态：

"嗨，跟你说这些干什么，馄饨包好了，帮你打包。要辣油吗？"

"不用，我不吃辣。"

"我也这么讲，你们年轻女孩子少吃些辣。"她又停了一停，问道：

"对了，《千江月》这本你还没看过吧，我把书借给你看。"

"这怎么好意思。"我有些意外，只见一面，她竟愿意借书给我。

"没事儿，我也喜欢看书，你有好文章，也推荐给我。"她这样坦荡真诚，倒让我觉得拒绝反而显得矫情。

"好，一定！有机会，也想读一读你写的20万字。"我和一面之缘的常玫瑰，做了关于文学的美好约定。

临走时，我回头望望她的背影，看起来简单的马尾，其实有烫染过，是好看的棕黄小卷，在阳光下色泽柔美，像一朵悄悄绽放的玫瑰花。

镜头凝成永恒

"还要请将军陪我一杯……"

戏台上,梅兰芳饰演的费贞娥凤冠霞帔,眉目流转多情,身段轻盈曼妙,音色绵长透亮,举杯、敬酒、回身、泼酒,动作行云流水,一气呵成。

当我隔着屏幕,欣赏 1930 年梅兰芳赴美演出的昆曲《刺虎》片段,不禁感叹镜头定格瞬间,成就永恒的意义。

时间奔涌向前,永不停歇。我们常感慨盛宴不再,美好易逝。就如梅兰芳大师的京剧艺术,"唱、念、做、打"的系列奥妙,在口口相传的过程中难免会有走样,相对来说,镜头的传播,更忠实于原貌,能够流传得更为久远。若没有这一帧帧镜头的留存,我们这些后来人,实在难以领略当年伶界大王的一方风采,体会京剧作为传统艺术的无穷魅力,正因为胶卷中影像的记录,那些瞬间的美,才得以传递于历史,成为永恒的见证。

当然,并非镜头聚焦的所有瞬间,都可以成为永恒。时间披沙拣金,淘洗渣滓,是为了筛选出真正富有价值的经典。而梅兰芳之所以成为大师,镜头下定格的大写的"人",才是后人从中读出的精神要义。

翻阅《梅兰芳传》,为那些艺术镜头慨叹的同时,目光永远绕不开那张著名的"蓄须明志"照片:眉目一样的清朗,而蓄上的胡须更鲜明表达抗日的决心。梅兰芳这一生,虽在扮演不同角色,但说到底,聚光灯下的自我,若没有真性情、傲风骨垫底,是没法从伶人身份,跻身于一代艺术大师的。梅先生于镜头前,眼神永远明亮,得益于早年勤学的童子功,更离不开风骨压阵的精气神。

所以,我总难免感叹于当下某些活跃于镜头前的艺人,资本、流量、涨粉,仿佛成了他们追求的终极目标。君不见,选秀节目层出不穷,八卦故事风起云涌,粉丝掐架花样翻新……而他们却忘了,置身于聚光灯前,话题、颜值终究都是末技，若没有精进的才艺功底，没有修养身心的德行压阵，镜头前经不起推敲的演技，也终究不能长久。

"将军乃盖世英雄，王朝梁栋……"

我再次欣赏回味梅兰芳的《刺虎》，黑白影像中的费贞娥，一句唱词，有千回百转的娇媚，眉目流动，又藏着与"一只虎"周旋的隐忍谋算。费贞娥本是一介宫女，国破之时，她没有选择明哲保身，而是孤身入险境，假冒公主伺机行刺李自成。不想李自成将她赐予"一只虎"李过成亲，费贞娥假献殷勤，将李过灌醉刺死，然后自刎。梅兰芳通过这折戏，展现主人公虽为婢女犹思报国的大义情怀。短短几帧镜头，记录戏中人物包孕千山万水的情绪，纵使是生长异域的美国观众也不禁被其吸引，更让后代的我们深深为之动容。

《刺虎》一戏对梅兰芳意义重大。到 1945 年抗战胜利，蓄须辍演多年的梅先生，仍是选择《刺虎》重上戏台。时光流转，梅先生历经战火离乱，以更深的感悟呈现费贞娥的心路起伏与大义坚守，镜头前，他的艺术获得永生，刻印在每一个观众心里。

感谢这些镜头，让人们得以隔屏一睹大师梅兰芳的风采，他一生为戏剧艺术的传扬奔走，他的风骨气节被后人传颂……

多年师生成亲友

"婧姐,在吗?我现在很苦恼,是继续读博,还是毕业后就工作呢?想问问你的意见。""婧姐,你发表在《语文报》上的这篇写林清玄的文章真好,写出了我的心声,我现在读英语语言文学专业才发现,自己对这种纯粹的母语是这么喜爱。""婧姐,救急!我要定毕业论文的选题了,你那时读研究生时,有没有什么没来得及用上的论文想法,让我参考一下?"微信里,我曾经的学生袁远常常以这样或欢欣或急切的方式跳出她的对话框。

和袁远同学的师生缘分要追溯到 8 年前我刚工作时,那时她还是一个剃着板寸头、颇有男孩气的小"能豆子"(扬州地区方言,指性格爽直、做事干练的孩子),班主任委派她任班长。而我,刚从学生转变为老师,说实在的,角色感还不鲜明,自己学生气未脱,因而还不知以何种方式应对班里半大不小的孩子们。

大概"亲和"过了头,班里一些皮猴子常有"淘气搞怪"的行为,让我头疼不已。身为班长的小袁似乎颇为担心,偷偷对我说:"老师,你要凶一点儿。"我汗颜,然而我后来终究没能成为"凶"的老师,大概是性格使然,也大概是,纵使有淘气的学生,可他们实在太可爱善良充满青春的灵气,实在不忍心苛责。但小袁同学的这句话,却提醒了我:该和学生保持适当的距离,把握相应的分寸。这将近 10 年的教学生涯里,我特别注意学生意见的反馈,这是我成长的助推力。那一年身为课代表的小袁可以说是尽心尽责,对交作业情况严查不苟,很有小大人的风范。她很喜欢阅读,常问我借书。有《高考满分作文指导》,也有毕淑敏、周国平的散文等。当得知我有一套《脂砚斋重评石头记》(庚辰本),她便满脸期待地想借来看,而我因为这书是友人所赠,本不便相借。但看她一脸期待,也比较放心她的稳妥,便借给她。她很高兴,并告诉我,她妈妈也是红迷,也在极认真地读这脂评本。我也觉得高兴。

直到小袁毕业，我才从班主任无意的交谈中，得知小袁父亲多年罹患癌症、卧病在床的事。

初知，我诧异、心痛甚至敬佩。诧异心痛的是，这么多年只看到活泼阳光的小袁，竟没想到她的家庭承受了这样大的压力。敬佩的是，小袁在这么艰难的处境里，仍然这么阳光开朗、认真努力。这绝不是装出来的，而是发自心底对生活的热情、对知识的敬畏。如今她已攻读研究生，还常和我联系，谈学习谈生活，我劝她珍惜现在的读书时光："说真的，能全身心地去读书，只有你上学的这个时候了。等你工作了，有了家庭，有了更多的责任和义务，时间就不是自己的了。"其实这话，当年我的研究生导师就对我们讲过，当时听了，我和舍友就心有所悟，在图书馆度过了虽清苦却值得怀念的阅读岁月，现在甚是感激老师的提醒。

而我也把这样的忠告传递到了我的学生这里，这么多年，已经从我向小袁荐书，到她在她的西方文艺理论专业背景下向我推荐了。"婧姐，赵毅衡的《当说者被说的时候》，我觉得你可以看一下，这本书是从叙述学角度分析小说，很多都是以《红楼梦》为范本来展开分析的。"这么多年，我们都还在读《红楼梦》，真好。我也给她推荐《蒋勋细说红楼梦》，并且说："蒋勋的音频也很好，他告诉我们每一个生命都在完成他自己，听他讲，会对自己的人生有所启发。你可以推荐你妈妈也听一下，她现在一个人，你又在上海上学，可以劝她重拾阅读的爱好，让生活充实起来。"过了几天，小袁说："婧姐，我妈很喜欢听，这样的音频你还有吗？"我很高兴，把我自己收藏的蒋勋讲宋词、讲美术史、孤独六讲等都发给了她。

其实不止小袁。工作八载以来，我和许多学生在毕业后，仍维系着亦师亦友的情谊。在高中语文教师岗位上，繁重的教学压力当然有，然几多辛苦中，又有几多欣慰。孩子们对知识的热爱和青春的灵气，感染着我，也激励着我，让我乐意在这个岗位上孜孜以求。我也和许多学生产生了亦师亦友可以交流心声的特殊情谊。

想起那个活泼开朗的倪雪瑶，有一天她告诉我："老师，还记得你给我们讲过木心，我现在到了乌镇的木心纪念馆了，来看看这位大师。"又想起那个有些内向胆怯的吴凡，她在遥远的成都上大学，说特别想念高中一起共读的日子。她说："老师，可以推荐几本书给我吗？怀念以前老师督促我们看书的日子。"我看了也觉得感动。我没有指望高中三年就能改变学生什么，只是愿意把自己对文字的热爱传递给学生，而我也渐渐发现，这样的影响，是毕生可以坚守的阅读的信仰。

我很喜欢汪曾祺先生的一篇文章《多年父子成兄弟》，他以自己的亲身经历，说明父子两代人之间，若以平等、友好、沟通、理解的方式相处，是可以超越辈分的鸿沟，成为无话不谈的兄弟的。而我在自己这些年的教师生涯里，也深切感受到，师生之间，虽没有父母子女这样的血亲联系，但那些在读书岁月里缔结的情分，最纯粹也最真挚，是任岁月冲刷也淡忘不了的。

每年教师节，我总会从不同地方收到这些孩子不同形式的祝贺。而这时，他们一张张生动的脸也就浮现在我的眼前，缔结过师生缘分的孩子们，如今散落在各方。愿他们青春的灵气不减，阅读的热情不灭，一切都好。

成为你自己
——一位中学教师给学生的一封信

亲爱的同学：

　　祝安好！

　　一学期的辛苦已至尾声，我和你们一样兴奋。然而我仍然希望在这个"放飞自我"的寒假开端，能有书籍与你相伴。

　　不如先从我今天推荐这本卡勒德·胡塞尼的《追风筝的人》读起。

　　这是一本自我学生时代就已经声名赫赫的小说。我知道，如今在你们中间，已经有人开始读它，开始被它触动。而我如今也在重读。所以说，这是一本能打动同龄人也能让年长者如我重读的作品，本身就有吸引更多的你们去读的价值。

　　千万种人当然可以有千万种读法，这本书的意义丰富。阿富汗这个国家饱经忧患的政治沉浮，阿富汗人对文化传统执着的坚守，可以探索的太多太多。

　　而来自异域的作品之所以能跨越国界震动我们的心灵，我想是因为这本书触及了人性中的共通处。今天，我想结合这本书，谈谈成长的话题，谈谈"如何成为自己"的问题。

　　成长路上，我们往往通过别人的存在来确认自己，或者很多时候，别人的存在，反而让我们看不清自己，能否跳跃这一屏障，是成长的一道考量的坎。

　　阿米尔就是经历这样艰难历程的人。他自己开口会说的第一个词是"父亲"，他说这就注定了自己将来的命运走向。在阿米尔心中，父亲是仰之弥高的神，刚强勇敢，粗豪不羁。他希望得到这样英雄般的父亲的认可。然而他发现，无论自己怎样努力，在别人面前足够慈善的父亲，对自己却总是冷漠以对，甚至心生厌恶。这让阿米尔自童年起心中就产生了不可磨灭的阴影，他为自己的懦弱感到羞耻，进而嫉妒同龄的伙伴兼佣人哈桑。至少在结婚之前，阿米尔都没有找到自己该有的位置，从未有一日快乐过。

可是亲爱的同学，如果你细心读，会发现阿米尔并没有他自己想象的那样糟。他自己也曾不无自豪地回忆："（诗歌比赛）班里人人都想跟我一组，因为那时11岁的我已经能背出《迦亚谟》《哈菲兹》中的数十篇诗歌，也能诵得鲁米著名的《玛斯纳维》。有一次，我代表全班出战，并且旗开得胜。"阿米尔还有描述故事的天赋，他讲的和写的故事，都让小伙伴哈桑和叔叔拉辛汗赞赏不已。但是他仍然不快乐，只因为他的爸爸不喜欢这些。他的爸爸喜爱足球和一切力量竞技的活动，并且用尽力气来培养阿米尔相同的兴趣。然而阿米尔崇拜父亲，却成为不了父亲。父亲兴致勃勃地带他去观看赛马，他看到骑士被十余匹马践踏，血流成河，"我放声大哭。我一路上哭着回家……爸爸开车时沉默不语，厌恶溢于言表，我永远都不会忘记。"每每读到这里，我都会觉得难过。因为我看到一个孩子不能言说的痛：他"永远不会忘记"亲生父亲眼里的厌恶。

我知道，这件事上阿米尔的父亲负有很大的责任，哈桑是他私生子的事实是不能公开的秘密，愧疚于是变成愤恨，转移到能享受他更多权益的公开的儿子阿米尔身上。只是，上一辈覆水难收的错误已然发生，阿米尔的父亲一生自苦，没有走出自己的心魔，我却庆幸后来的阿米尔终于迈过自己的坎。尽管他跋涉千山万水，尽管他跌得遍体鳞伤，可他终究有了属于他自己的道路。亲爱的同学，我只是想对你说，也许你也不是他人眼中的"完美孩子"，也许你也常因为某一方面的不擅长，或者咱们坦白说吧，某一方面的缺陷而自卑，乃至心生怨愤。然而我仍希望你能从这部书里得到开解：人生路有百条，你有权利去走属于你的人生路。

古希腊神庙石刻上的"认识你自己"，穿越千万年尘埃，于你们仍然适用。

如果你也遇到父母的"强加"，也实在不必为此怨恨你的父母。因为人生实苦，正如你们身为子女常犯一些其实不能被原谅的错误。做父母的也没有打人生草稿的机会,有时犯错,他们的痛苦比你们更甚。学会谅解,正如阿米尔最终理解父亲的牺牲,理解父亲的无奈。阿米尔没有成为父亲,却用自己的方式为父亲当然也为他自己弥补过去的遗憾,我想正是在这弥补的努力中,阿米尔才开始找到自己。

我知道我们不能不谈到哈桑。那个勇敢的执着的,呼喊着"为你,千千万万遍"的哈桑。可当我合上书,我也在想,我们的生活中有没有哈桑?我有点怀疑,其实,对于我们中的大部分人来讲,哈桑只是存于心中的一个理想,抑或我们给同伴加上的假想敌光环。

在"成为你自己"的路上,除了仰望的父母长辈,还有共同成长的同辈。有时"别人家的孩子"会成为你的魔障。卡勒德·胡塞尼的故事好看,因为民族的背景、特殊环境里的等级观念,让我们看到一个被不平等对待,却仍然不悔维护他的少爷阿米尔的哈桑。

而我们的生活里未必能遇到这样执着不悔的同伴,如果有,请你珍惜,不要像阿米尔那样终其一生补救都无法回到从前。如果你的同伴没有哈桑那样"完美",那你就跟我一样是遇到了正常的人生,也没什么不好,生活的真相就是如此。我们都是阿米尔,愿意向善,但是嫉妒的爬虫总会不期然冒出来,我们甚至可能在暗暗较量时有过不那么光彩的手段,有过不愿回望的黑历史。也许终其一生我们也不可能成为善良正直一生纯净毫无污点的哈桑,但是我希望你能从阿米尔的痛苦中明白,正视同伴的优秀,也正视你的缺憾,是解开心结的第一步。当你用阳光的心去看待自己和别人,你才有机会发掘属于你自己的独一份特长。

你看,阿米尔没有成为父亲期盼的那种"勇士",他曾经彷徨过,却从未在自己热爱和擅长的领域停下脚步,他始终在阅读和写作,最终成为能够描绘人们心灵图景的作家;他后来的妻子索拉雅是世人眼中有污点的女子,然而她却最终走出非议的目光,直面过往,也直面今后的人生选择,在工作和婚姻中获得归属感;包括哈桑,在不公的种族歧视中,他一生都在受嘲讽、羞辱乃至践踏,可是哈桑的心里始终保存美好记忆,他后来幸福融洽的家庭岁月，他长大后写给阿米尔的信中流露的诚挚心意，都不会作假。

其实不止故事里的人，我忽然也想说说我自己。你们的老师我从小内向，拙于言谈，小伙伴们出去玩的时候，我会看几个小时的蚂蚁窝，或者闷声不吭地看小说。我的家人很担心我，母亲曾对我说，"你现在 6 岁，不讲话，人家会说你文静，但如果你 16 岁了，26 岁了，别人会说这个孩子太古怪，不喜欢你。"这就成为我从 6 岁就害怕的事情，可是我仍然不知道应该怎样融入人群，从读书时同学中到工作后同事间，在热闹的交谈中我常常是沉默尴尬的那位。可是很奇怪，我第一次去面试上语文课，我竟有了滔滔不绝的自信，我有那么多的故事和感悟可以和我的学生们分享，觉得是快乐的事。尽管在其他人群里我仍然会不知所措，但是在课堂上我找到了自己的位置。

亲爱的同学，你看，无论命运怎样变迁，一颗坚守的心，都可以让你成为你自己。

所以，我们为什么要读书？我作为语文老师，当然会在各种正式场合告诉你那样可以提高语文成绩。

可今天我更想说，在阅读中，你会发现成为你自己的机会。当你在书中读到他者的人生，每一次启迪，都会让你离成为自己更近一步。

希望你能把这阅读与感悟的过程记录下来，我相信，阅读之所以有意义，就在于你自己的感受。

期待寒假里能看到你的作品！

你的老师姜伟婧

2019 年 1 月 27 日

那个爱汉服的女孩

开学初,我对课代表小唐的表现是不满意的。

小唐是我的学生里很有个性的一个。我教语文,开学时她自荐为课代表,我挺高兴的,这么积极主动的学生。后来看她的表现,我却渐渐失望起来。因为她上课经常走神,有时甚至双眼昏沉欲睡。我看着心里直摇头。

下课后找她谈话,她承认晚上晚睡了。

"那么做些什么呢?"我问。

"老师,我是汉服粉。我在家自己试做汉服。"小唐说起来,眼睛里闪出光,继而光又黯淡下来。

"对不起老师,我以后课上会认真听的。"

我忽然感起兴趣来,询问她关于和汉服有关的问题。原来小唐不仅喜欢汉服,还会自己裁剪。有些专业名词,老实讲我这个语文老师也很是陌生。譬如她最近很迷"孔雀蓝织银百鸟朝凤马面裙",这么专业的名词她一气说下来,我有些发愣,她于是用笔写下,娟秀的小楷,美丽的汉服名词,让我心中不禁一赞。

韩愈说"闻道有先后,术业有专攻",这些孩子给我的惊喜,大约就是这个意思。所以,我从来不敢小看我的学生,他们在很多方面比我要灵慧。

她还告诉我,她和班里的三个女生建了个偕裳汉服社。日常是买衣料、做衣服、做荷包,甚至用珠子做发簪,并且每月穿汉服去古民居拍照。她还把她们拍的照片拿给我看,照片上,三个16岁的女孩身着明红、湖绿和孔雀蓝的汉服,家乡海陵老街的夕阳照在她们身上,镀上薄薄的金色,显出古典的温柔。

其实想想,自己的青春里,也会有特别迷恋的事物啊,一首歌,一阕词,或是一个故事,也许当时显得那么"不务正业",但未必不可以顺着此心河去引导，让爱好成为学业上升的契机。

那段时间正好在上《唐诗宋词选读》的课，于是我和小唐讲宋词里采桑径里巧笑的邻家女，她该穿怎样的衣服呢？

"一定是湖绿，和青青桑叶最配了！"小唐眼里又闪出光。

又在课堂上讲温庭筠的《菩萨蛮》(小山重叠金明灭)，我布置学生一份作业：结合这首词，梳理古代女子的妆容和服饰。小唐积极响应，还做了PPT，给同学们介绍汉唐人画眉的几种款式，介绍"额黄"装束的来历，甚至讲到"新帖绣罗襦，双双金鹧鸪"时，她拿出自己亲手剪裁的罗襦裙，让同学实时手触感受。那天的课堂惊叹连连，那个曾经呵欠连连的小唐也转眼不见，满脸自信的光彩。

我忽然觉得，真正的语文就是这个样子。不仅仅是我和她们在教室里面空谈，而是在窸窸窣窣衣料的触感里，在一针一线荷包的缝制里，在晶莹剔透玉簪的打造中，去习得那些平平仄仄的诗行与心事。

我和小唐又好好谈了一次，我希望她能将爱好与学业平衡。

"你看，懂得欣赏语文之美，是可以助力你的汉服爱好的，经营好学业，你也可以更从容地去喜欢汉服。"我说。

小唐若有所思地点点头，她本就灵慧，在学业上用心，成绩也明显提升，她仍然常常和我聊汉服，并送我她亲手画制的汉服仕女书签，典雅的簪花仕女，神韵流转，我悉心收藏着。

我明白，她们对汉服对传统文化的热爱，是不掺杂杂质的，是纯粹的对美的向往。我相信，这种喜欢，不会因为高中生涯的结束而消弭。反观时有出现的学生高考后撕书烧试卷的新闻，这样的决绝反而令人忧心。其实教育里的一味压制，并不能让孩子们真正喜欢上我们认为好的东西，哪怕是传统文化。然而，传统文化本身是充满着美的。这些青春少年自有一份灵气与执着，去将我们文化里宝贵的美传承下去，我们要做的，就是尊重、倾听，适时引导，青春的树苗，自会吸取甘露与阳光，茁壮成长起来。

路边的挡风罩

　　那一天晚自习下课,已经很晚。因为家离得远,往日总是妈妈骑车来接。那天却因妈妈加班,我独自一人骑车来回在上学路上。

　　地处江苏中部的海陵城,冬日夜晚的寒冷是不动声色的,却丝丝缕缕浸入肌肤。我不禁拉紧围巾,加快骑行想早点儿到家,路灯微弱的淡黄的光漫不经心地洒下,照耀着我和马路上零落的人们。

　　夜凉还是不可阻挡地钻入鼻子,我禁不住打了个喷嚏。这时恰在前面看到一个卖挡风罩的摊子,我停下来,想着买一个多少能抵挡这寒风,想着妈妈总说最近忙,以后我一个人骑车上学的路上,大约总是用得着的。

　　"姐姐好!你买挡风罩吗?你看看需要哪一个,我家的质量很好的!"我意外地抬头,看到的竟是一双满是热情期待的小男孩的眼睛。小男孩的眼睛明明亮亮,脸蛋被寒风吹得有些发红发皲,为了抵御寒冷,他还不断地小跳着来唤起身体的热气,脖子上的红领巾也随着一跳一跳,看着有些滑稽,我想笑,又觉得有点儿心酸。然后望向他身后,坐着的一位衣着朴素的阿姨和善地向我笑笑:"是啊,你挑挑看。""好的!"我不觉答应,于是低头翻拣。因为摊子倚靠在马路边,地方不大,挡风罩都被整整齐齐地叠放在一起,我小心翼翼地不弄乱,想找一个耐脏的颜色。这时看到小男孩已经跳到他妈妈身边,阿姨正在用针线缝补一个有些破了的挡风罩,路边灯光昏黄,实在不是个好环境,阿姨缝得很慢,钩针穿线却自有章法。小男孩坐在旁边看着阿姨穿针引线,安安静静地,只是时不时地搓手哈气,哈出的白气倏地腾起又迅速消失,给这寒夜带来些许萧索的温意。

　　"喂!这个挡风罩怎么卖的?"一个骑行而来的女人停下车子问道。小男孩兴高采烈地跳起来,小跑到女人面前说:"45元!阿姨,你喜欢哪一个我帮您拿!"女人只是摇头:"现在淘宝到处卖这个,比你家便宜多了,30元卖不卖？"小男孩的妈妈也很为难地摆摆手："差太多了，我们进价都没这么低啊！"几次讨价还价，终究没能成交，女人还是离开了。小男孩失望地退回，不解地问我："姐姐，淘宝卖的真的比我家便宜吗？"男孩的妈妈这时也停下手里的针线，眼睛里沉淀着无奈与忧虑。我不忍，安慰他们："网上的质量看不出来，很多人像我一样，喜欢挑选实物！"男孩转而又开心起来，他妈妈也向我投向感激的目光。

付完钱，我骑车走了不远后，又回头看看这路边摊位上的母子俩。男孩母亲仍在一针一线地缝着，小男孩安静地坐在旁边看他妈妈缝补挡风罩。他们为什么还不回去？或者是想着，多等一分钟，可能就会多一个人来买，生计上就多一分保障。

昏黄的路灯下，母子俩的温情拢起一团光晕，看着男孩母亲一针一线缝补的身影，小时候妈妈教我的唐诗就这么冒了出来："慈母手中线，游子身上衣。临行密密缝，意恐迟迟归。"虽不十分贴合此境，但男孩终究会长大，会出去上学，希望到时他们的生活不再如此艰难，希望男孩的母亲到时会少一分对孩子的牵念。

我忽然想起我的妈妈来。不知道她忙到这么晚，工作是否顺心如意。和路边遇到的小男孩相比，原来我是这样不懂事，总是只有我把烦恼告诉她，我却总是没去细心打听她锁紧的眉头究竟所为何事。纵使我不能替她解决什么，多少也该像这个小男孩一样，为她分一些忧愁，哪怕是坐在身边安静地陪伴啊！

想着想着，我又不禁往前快骑，想早点回家，看看妈妈回来了没。我要告诉她，我约到同学同行了，今后不用她辛苦来接我。我也盘算着，明天带来我存的一点儿零钱，再来路边这个阿姨的摊上，给我妈妈买一个挡风罩。

我不觉又回头望望那个路边的小摊，已经离得很远，昏黄昏黄的远处路边上，只依稀辨出花花绿绿的挡风罩，和两个一大一小的身影。心里有说不出的酸楚，又有说不出的温暖。

2018年1月，见冬日街头一幕，以中学生视角成文。

热粥暖人心

我闲暇时候喜欢煮粥,友人笑我:"小女人架势,亏你有这耐心!"我亦笑着反驳:"每次你吃得最多!"其实闲暇时的煮粥,于我而言,已不仅仅是充饥的意义。我和许多人一样,都不由自主地陷入了都市钢铁森林的快节奏生活之中,行色匆匆,步履艰难。因此,更希冀能在这急管繁弦的快节奏之外,让心灵得到片刻安宁与休憩。于是,我喜欢上了熬粥时的那份心境。

我喜欢看粳米渐软渐细腻的过程,仿佛心也是由硬变软由分离变成一锅的细腻、温润、安宁的感觉。广东人把熬粥也称作煲粥,"煲"字,用不紧不慢的语调读出,平添几分妥帖温软的心思,让人觉得,那种过程与一坛酒的酝酿,一朵花的厚积薄发,又有多少分别呢?满心里都透着温润的美。心与粥俱香。

煮粥亦非易事,看似简单,也需要细致和耐心。且看袁枚说粥:"见水不见米,非粥也;见米不见水,非粥也。必使水米融洽,柔腻如一,而后谓之粥。"时间和心思,果真一样都不能缺。在居家琐事的忙碌中,煮粥似乎可以修炼一种恬淡心性,能够在这短暂的时刻享受这份平淡与守序的感觉,亦不可不称之为幸事。

粥在中国,有着颇为深厚的文化底蕴,有关粥的文字记载最初见于《周书》:"黄帝始烹谷为粥。"因此食粥的历史,竟可以追溯到上古原初时代。文人墨客们亦喜粥的绵远幽香、回味悠长,苏轼、陆游、袁枚、曹雪芹都是喜食粥的名人。如今,粥文化在繁华街头、小镇巷尾又悄然复兴起来。记得曾经光顾过港城的一家瓢城粥店,置身于明净宁馨的空间里,欣赏周围的几套古朴的原木桌椅,不经意抬头,发现最令人叫绝的是墙壁上挂着的木制匾额:极精致地雕刻着上溯先秦下至明清几十种不同粥字的写法,或质朴苍健,或细致优雅,或龙飞凤舞。在那样的时刻,你觉得字已不仅仅是单纯的字了,粥也不再是单纯的吃食，粥文化，随着中国几千年的历史洪流一起蜿蜒跌宕，从上古原初的温饱难足，到帝王将相的奢侈养生，最终流连于寻常院落的清粥小菜，安贫乐道，或百感交集，或淡泊透彻……粥文化，亦是中国人特有性情的写照：温和、包容、厚积薄发。一个粥字，包容太多太多，令你刹那感受到了一种气息，一种绵长悠远的文化韵味，和着丝缕粥香，不动声色地在心际弥漫……

其实在更多的时候，人们并不习惯坐在那堂皇店面里品尝花色繁多的粥品。粥终究是一种家常的吃食。餐桌酒席上，往往难见它的踪影，因为太过质朴清淡。同事朋友间相邀共餐时也极少会说："走，吃粥去！"因为它的家常特性，显得稍嫌寒碜，上不了台面。也正因为它的"不上台面"，使人觉得它是一种贴心的吃食。大雪封山的日子里，邀三两知己，红泥小火炉，以粥相酬，亦足以畅叙幽思，言笑晏晏。君子之交，好似煲粥，文火细煮，愈久弥香，也更为醇厚实在——自然，也应把握火候，懂得过犹不及的道理；君子之交，亦似品粥，"莫言淡薄少滋味，淡薄之中滋味长"，看似寡淡无味，而这份平和内敛，不比聒噪逢迎的虚情假意，却弥足珍贵，千金难求。

风清云淡的日子里，容我为你细细熬上一碗寻常白粥，看它渐浓渐细腻，融化几瓣心香，一脉温馨，佐以小菜几碟，小菜不宜太咸，也不宜太甜，脆嫩可口，齿颊生津，清粥小菜，白瓷青花碗，亦可供品咂人生百味。东坡居士有诗为证："人间有味是清欢。"清欢者，清淡的欢愉也，不是大欢、狂欢，不是推杯换盏的奢华繁盛，亦非衣香鬓影的旖旎长梦，而是细水长流的恬淡安适，那份可心的眷恋。"凤恋帝王不长久，燕住寻常百姓家"，小时候懵懂背下的诗句，现在想来，真真是人间至理。

一碗热粥的等待，这俗世的温暖。

乌镇之行

我到乌镇的当儿也是这个时节,阳光很轻很软,柳絮已经飘起来了,迷住了游人的眼,似一场亦真亦幻的梦。

我生长的地方虽然也被称作鱼米之乡,据老人们讲,当年也是处处小桥流水、亭榭人家,可是很遗憾没有保护好,到了我们这一代,已经完全失却江南水乡的风韵,变得商业化了。我的内心一直向往那份恬淡和雅致,既然不能长久地居住在江南,那就企盼着能有一次寻访的机会吧。

"古旧的木屋,静流的河水,玲珑的小桥,飘雨的小巷,寂静的长廊,红衣的女子,日暮的炊烟,如诗如画的江南啊,我愿沉溺在你恬静的怀中,静静感受你的温柔,用它唤醒我内心深处的渴望,用它将我沉积已久的疲惫轻轻拭去。暮色已临,细雨微湿,只见雨巷寂寞,一把江南的伞,一道屋后流水,一条微醉的船……"

"踩着悠远的时光,行走在浸泡着岁月烟云的镇落里,喧嚣与浮躁,在浓郁的古意中,渐渐隐去。"

这些曾经读到的关于乌镇的诗,也许算不上是最出色的诗歌,然而文字中那种淡定的心境仍然是令人歆羡的。相信每一个去过这古朴清雅之地的人,都珍藏着自己的一份诗情画意。

所以得知自己能够去乌镇,我着实兴奋了许久。

早晨的乌镇还处在一片静谧的雾霭之中,游人尚少。我信步走在古旧的青石板路上,细细品瞻四处的淡烟流水、黛瓦粉墙。有人乘兴坐上了船夫的乌篷船,漾荡在潺潺流水、桨橹轻摇声中,亦会勾起许多怀古的情伤。走进小巷,一路轻触精细雕花的木窗、朱漆残存的梁柱,阳光打在上面,映照出斑驳的温暖。有人家开市做生意了,零落几处吱呀作响的门窗开合声。又走到一处,导游指向一边,告诉我们那是乌镇独有的逢源双桥,男左女右的古老习俗，蕴藏了多少未知的古典情怀和甜蜜心事。游人渐渐地多了，来来回回行走在双桥上，嬉笑打闹，亦不过是抱着些玩味的心态。

茅盾的故居确有书香门第的氛围，院落里枝叶婆娑，石路写影，一棵老树在墙角探望，迎面几缕青藤，爬在石灰斑驳的墙上，"……人家的后门外就是河，站在后门口，可以用吊桶打水，午夜梦回，可以听得橹声欸乃，飘然而过……"茅盾先生的童年就在这样的时光里度过，他是乌镇的骄傲，跨过高高的门槛，在人们纷至沓来的脚步里这里依然显得不染纤尘。时光走了，文学的魅力未走，大师幼时的书桌还静静地安置在窗前，时光静默流转，我伫立在那里，怀想一位文学巨匠一生的风采……

因了同名小说出名的林家铺子，就在茅盾故居的斜对面，一样的店面，一样的柜台，一样的扎着蓝印花布的女子在铺子穿梭忙碌着，只是柜台里摆放的货品，多了几分现代的气息。散落在中市的道观、庙宇、当铺、钱庄，诉说着古镇的富足和繁华，年代久远的书院、图书馆依然透发着馥郁的书香。

蓝印花布作坊引起了许多人的兴趣，极简单的制作工艺，因为有着古老文化的积淀，于我们而言弥足珍贵。用蓝草染就的蓝印花布飘着江南的情结，作坊中的女子们一律娴雅秀巧，安之若素地重复着一道道工序。恍惚中，你亦模糊地甘愿，甘愿远离那阜盛街市、鼎沸人烟，做一个身着蓝印花布的浣衣女子，在这淡烟疏柳之中，漏雨窗台之下，端凝淙淙逝水，细数汩汩流年，某个阳光温软泻落的午后，有一位穿着长衫的渊雅儒生走来，许你一个安稳的现世，在长长的一生里，相携相守，不离不弃……同伴拍你："想什么呢！"莞尔一笑，你亦明白，一切不过是一场梦幻。

然而，我又感觉，这里毕竟再不是那梦中的水乡，行人如织，打破了古镇的宁静，很多东西是你不愿看到的：青石板路缝里还夹杂着烟头，商贩在叫卖"乌镇特产香酥十元三盒"，摩托车疾驰而过，留下一长串刺鼻尾气……

乌镇，热闹的乌镇。仿佛失落的水乡，在微弱的光中向隅独泣。

"午后的天空有点孤独，行道树微微在雨中瑟缩，视线又模糊，我看不清楚，眼前曾有谁陪我走过的路；曾经有太多机会弥补，却还是看着幸福成错误，在路口停住，我回想当初，什么让我们将爱弃而不顾……"一直很喜欢听这首黄磊为电视剧《似水年华》演唱的主题曲，一半是因为潜伏在他声音里的那种温软、隐忍而又感性的书卷气息，于聆听之余不禁细细揣摩，便觉有一股俊朗的忧郁气质自百年古书的字里行间缓缓飘逸出来了；至于另一半，当然是因为《似水年华》的拍摄地——乌镇——那个被岁月浸染得微熏微醉的江南水乡。

电视里的刘若英看着黄磊，身后是乌镇的流水，那个阳光少年腼腆地笑，她有些晕。

那一部电视剧，让更多的人开始涌入这小小的乌镇。来去匆匆的步履，会不会打扰这里的安逸和宁静？那部引发多少人水乡梦的电视剧《似水年华》，究竟是成就了乌镇，还是毁坏了乌镇？

我却在某条小巷的一隅，从窗户瞥见一位穿着藏蓝布衣的老人，安然危坐，似冥想入禅，静默在时光深邃的尽头，仿佛古镇一般，我自岿然不动——使我相信，有一种文化，是无法真正销蚀殆尽的。

最遗憾的是没有相机，总希望在那样的时刻，能有一种定格记忆的方式。而文字的记录，难免会加上主观的情绪。此刻的抒写，与当时的所感，又或者是另一番光景了。

雪意如诗

这似乎是记忆以来最大的一场雪季,"五十年未遇",他们说。他们也说过,瑞雪兆丰年,可是绵延不绝的落雪,终于不免使得最初的欢欣冷却——阻隔了许多现实的计划,莹澈剔透的雪,到底也开始让人觉出无奈了。然而于我而言,我一个闲人,从未见识过如此盛大的雪妆,抛却窗外事,心底里仍然饱含着几分珍惜的情意。

"雪是最干净、最透明的。雪最真实纯粹,没有欺骗。"电视剧《五星大饭店》里的那个韩国女孩曾这样说。也许我们每一个人,都向往毫无瑕疵的世界,真实地抵达内心,不需要遮遮掩掩,亦不必小心提防。我们渴望真实,真心实意。然而,连雪自己,也不能保证永恒的纯粹。最干净素美的雪,也是最易沾上泥垢污渍的。凝结清莹的雪,迎着云雾消散的阳光,融化也只在瞬息之间。好像,雪也是最不真实的,不堪一击的美,让你无法倾其所有地信赖。无法倾其所有,却依然义无反顾。雪在那里,固执地洋溢在整个冬季,充满追寻的意味。

落雪的日子里,雪意也渐渐飘浮起来,氤氲在空气里,你坐着,你走着,纵使躺下睡着了,也总能分明地感觉到那暧昧的清冷气息。雪意来了,内心的那分焦躁好像也开始安定下来——是的,雪意给你安定。你沉入雪意中,此时此刻,你愿意忘却荣辱,不计得失;此时此地,一种隐逸闲愁,两处相思佳意,迎着雪意翩翩,悄然潜入心底。

连云港与家乡海陵,包孕着截然不同的雪意。彼处的干冷气候,令你觉得太过凛冽,没有可供斟酌的余地。又或者是因为,你在潜意识里,早已认可此处的温和,带着先入为主的偏见,你爱上此处的雪意。

落雪无声,落雪无痕,街边,路上,人们都小心翼翼。夜晚尤甚。雪轻轻扬扬,映照街灯昏黄,空气中流动起幽约的诗意。你伸出手,一些细小的冰花在手心消融，一些细微的清寒渗进肌肤，沁入心脾。

　　雪落下的日子，你故意呵出大朵的雾气，看它在瞬间消散，可是心里却柔柔暖暖，你看着街边一个个灵气逼人的雪人，看着在雪地里追逐嬉闹的孩童们，你看着平静安和的路人……蓦然地，在这清寒阵阵中升腾起某些温暖。蓦然地，你愿意微笑着，愿意在这雪意萦绕的日子里，真心实意地，去爱一个人，念一个人。与他分享，这雪意丰盈。

　　落雪时分，我愿与你，同在窗下看景……

2008年2月3日写于海陵，是岁冬遇大雪。

书香伴我行

夜深人静后的阅读与写作，是度过生命中茫茫黑夜的最好良药。

因为这时，褪去了白天的所有角色，沉静下来，我才有了真正属于自己的时间，我珍惜这样短暂而静谧的与书香为伴的时刻，也在这样的阅读中，获得智慧的沉思以及心灵的安慰，为第二天教学工作的启程奠定最厚实的学养底气。

都读些什么呢？每天这样短暂又宝贵的时间里，那些环环相扣、惊心动魄的悬疑推理小说自然不在考虑之列，若手不释卷，熬夜至天明，就得顶着疲惫的身体去奔赴早读课和一天的征程了，而理智告诉我，到底不是年轻人，我没有这样的精力，也不必把宝贵的时间虚度于无营养的文字。那么时下学生们热心传阅的青春虐文、穿越小说和重生故事呢？我翻过一二，我能理解学生对获得万千宠爱的玫瑰色梦境的向往，我在读中学时也迷过郭敬明，45度角望天想象自己"悲伤逆流成河"，自以为这就是文艺青年的标配了。然而如今却清醒地认识到，那些靠读者打赏和流量点击建立起的如梦如幻的文字高台，根基却是空的，经不起沧桑智慧的推敲、人生风雨的击打。人，还是要沉心打好思想的地基，要耐下性子去读不那么适口的文字，那些让你为人生的美好而感动，也让你为命运的悲怆而痛心的作品，能让你在其中深切体会生命的矛盾与张力，懂得敬畏，懂得珍惜。

所以，夜深人静的阅读，适宜做减法。撇开流行与流量，我选择把有限的时间留在蕴蓄经典与智慧的文字里。其中，《红楼梦》是我"夜读时间"里的常客。我从少年时代就开始读《红楼梦》，收集了通行本、甲戌本、庚辰本等原著版本，兼读王昆仑、王蒙、白先勇、蒋勋等学者的读红笔记，至今20年过去，然每一次阅读都有新的收获。少年时我的注意力大多在其中纠葛的情感，也会把目光停留在宝玉、黛玉这样的主角上。而今，赞叹于这部中国古典文化之百科全书的博大精深，美食有酸笋鸡皮汤的亲和，也有牛乳蒸羊羔的尊贵；诗词有"花谢花飞花满天，红消香断有谁怜"的感伤，亦有"好风凭借力，送我上青云"的豪气；戏曲有《牡丹亭》的幽怨，亦有《西游记》的热闹；甚至中医知识都丰富而精准，贾宝玉能准确指出胡医生给晴雯开的药中，麻黄和枳实是"虎狼药"，因而改为含有"当归陈皮"的温和方子；此外还有地方俗语、典故出处、官职名称等，如此博大精深，所以我常常和我的学生说：想研究中国传统文化，以《红楼梦》为切口足矣。

其实夜读《红楼梦》，也常常是为我第二天的课堂做准备，我多年来一直任教高中文科班，《红楼梦》是学生的必考书目。120回的《红楼梦》，每天一回，我和学生就有三个多月的时间共读《红楼梦》，这实在是美妙难得的经历。为了不辜负这共读时光，我必须提前精读好第二天研讨的回目，设计问题，以备第二天和学生交流，过程不轻松，但想到我和我的学生在灯下一同读这本经典，虽因考试，而热爱的传递又不全因考试，就觉得值了。

在这样共读的日子里，学生真的爱上了《红楼梦》。学生曹子星在周记里写道："起先很害怕《红楼梦》，看到这么大部头的书就发怵。现在我们和老师一起读了，我开始后悔自己先前的无知，原来《红楼梦》很有意思，这些少年和我们年纪差不多，可他们却活得那么诗意精致，向往那样的状态。"看到学生在笔下流淌的美好，我也会心一笑。学生周晨睿也写道："我发现，大观园里的宝钗、黛玉、湘云、香菱，在我们同学中都能找到对应的性格呢，真神奇！"我读着，不禁点头，蒋勋说《红楼梦》营造的是"青春王国"，真的不假，我庆幸能在学生价值观初立的时候引领他们去读这样一本好书。

其实不只《红楼梦》，好的文字都是能滋养人的。我有时也会翻开林清玄的《人间有味是清欢》，感受性灵小品带来的灵魂荡涤；有时又读起鲍鹏山《三千年理智与情感》，参悟历史哲人筚路蓝缕的思想征程；亦会遇见汪曾祺的《人间有味》，品咂美食中蕴藏的生活大美；而叶嘉莹的《红蕖留梦》和齐邦媛的《巨流河》，又会让我领略同样身为女教师，她们对学生的热爱和对诗意人生的坚守……每一次阅读，都是在学习大师的过程中，塑造一个更好的自己。

有时，忙碌让眼睛累了，我在洗漱或做家务时会利用"听书"APP来阅读，还在喜马拉雅、豆瓣时间、网易公开课等APP中订阅大师们的课程，如"蒙曼品最美唐诗""不一样的西方哲学史""细节里的中国美术史""正是时候读庄子"等，这些由来自中央民族大学、中国人民大学、台湾大学等名校的知名教授主讲的课，让我在听觉阅读中又获得足不出户的精神盛宴。

感谢这些夜深人静时的阅读，让我在课堂上更有底气。记得初上讲台时，一位老教师听过我的课后对我说："语文老师上课，不能仅讲课本上的内容。"当时似懂非懂，经历了七八年的课堂打磨，我才体会到，好的语文老师，应该是能够激发起学生心灵共振的老师，他们会在讲授一篇课文时，旁征博引，融会新旧知识，让学生真正爱上语文、爱上阅读。另有一位前辈教师曾对我说，教师是用他的全部阅读史来上课。感谢这十年如一日的阅读积累，我在课堂上也越来越自信，每一次课堂，都是我和学生以阅读为媒介的心与心的交流。不仅读，我们也一起写。写作，是对阅读的消化，是将阅读的营养真正融入到自己的思想中。我的若干随笔在《语言文字报》《语文报》《江苏教育报》等国家级、省市级期刊发表，多次在课堂竞赛、论文评比中获省市级奖项；2018年我荣获泰州市"校园阅读导师"称号和全国"四项全能教师"称号，这些都和阅读的收益密不可分。我的学生也真正爱上了阅读和写作，他们的作文成绩就在这些经典文字的滋养中不断提高，此外不少学生还在"语文报杯""中学生与社会"等作文竞赛中获得省市级奖项。很多学生在高考后，还会请我帮他们推荐书籍，他们对我说："特别怀念那段全班共读一本书的时光。"

可以说，与书香相伴的日子，我的职业成就感和幸福感在不断提升，忙碌的教学生活里，所幸有书香伴我行路。今后的日子，我会继续和学生一起，和书香相伴，共度美好的岁月。

写作，一场心灵抵达

很多个专属自己的时间都在夜深人静后。阅读、写作、沉淀内心。

白天太忙了。我是学生的老师，父母的女儿，丈夫的妻子，孩子的母亲。角色转换间，常常来不及整理自己。

写作让我重新发现了自己。

曾经读书时代，写作零散，少年的心总是烂漫不羁的，走走停停，恒心和毅力都成了奢侈。走上讲台、结婚成家后，繁杂事务渐多，反而渴望倾诉，倾诉一地鸡毛的困顿，也在倾诉中确证了光的意义。

高更在塔希提岛画作上的追问常常萦绕我心："我们从哪里来？我们是谁？我们要到哪里去？"

我不知道如何解答，我无法确证来路，只依稀记得少年的梦想里，有对文学的热望。

捋一捋自己这几年的文字，写的最多的还是高中"下水作文"。这个名词是叶圣陶先生推广而来的，"下水"是从游泳中借用的，游泳教练熟谙水性、亲身下水游一阵，对学的人好处更多。叶老先生借此鼓励语文老师也要亲身下作文之水，"经常动动笔""或者作跟学生相同的题目，或者另外写些什么，就能更有效地帮助学生，加快学生的进步"。

开始写，还是头一年上高三时，压力颇大，我特别担心自己若对作文标准把握不到位，会误人子弟。多方请教前辈老师，也下过许多苦功，在学生作文上密密麻麻地批满许多批注，然而我自己也疑心学生会不会看完。

蜗行摸索，这样的时候是很苦闷的。

后来一次机会，我听到苏州一位老师分享作文教学心得，他说起几乎每一次作文训练，他都会"下水"。他说，每一次和学生同题作文，就是"和学生同呼吸共命运"的时刻，"这时你感觉自己和学生的脉搏是一致的。"

"同呼吸共命运"，我就是被这6个字打动的。

做语文老师的幸运在于，我可以在文字中接近学生的心灵。以往我读学生的周记、作文，会读到课堂上那个明朗少年不愿明言的苦恼，他们会在文字里把心事交付于我，我很感动，亦不敢辜负。而如今我也应该写，因为心灵的共振，应该是相互的。

和文字相处的切肤之痛，若没有真正动笔，不会真正感受到。想和写是不一样的，所以古人说"言不尽意"。有时心里有一些想法，甚或是自认为很伟大的想法，激动地开始写，却发现没有办法准确、清晰地表达，有时甚至写了一半就卡壳，仿佛文字不受自己的控制。必须凭借毅力跨过这个坎儿。初与文字接触的人会有一个和自己的文字磨合的阶段，这个阶段的磨合甚至是痛苦的。渐渐地，你的思想开始能驾驭你的文字，你能够自如地遣词造句，无限接近于呈现你的心意。这时你的文字不再是陌生人，而是你的朋友，你熟悉了它，就可以自如地让它代言你的心声。

后来我问我的学生，他们也如获知音般点点头。

我也由此开始真正体谅我的学生，由此，我开始真正理解学生写作的不易，不再一味地批评他们的作文。而是从"批判"走向"建设"，让学生有改进的路径可循。

我由此开始对作文教学有了更多底气。我会写一些总结文章，从作文标题拟定、开头的打造，到整体结构思路。当然，我也发现，其实学生作文最大的短板在于语言和思想，如何用准确精彩的语言，让思维向更深处漫溯。这方面的提升，绝非一日之功。

但是做总比不做好。

很多学生以写作文为苦。我想通过自己的写，告诉学生，作文也是可以"有意思"的。我也想在有意思的文字中，写出一点意义来。

譬如有感于时下"上古洪荒文""穿越重生剧"在学生中的流行，我从张爱玲起笔，写了一篇"下水作文"《小大乾坤》。

隔着70年的月光，我在夜色下读张爱玲。

我会为她作品中的那些小物件、小情感所迷恋，可我又疑惑，20世纪二三十年代，明明身处那样一个风云变幻的大时代，何以这个女子却能跳出"宏大"，专注于"微小"呢？

譬如《倾城之恋》中那个咿咿呀呀吟唱的胡琴，毫不起眼的小物件，却奏出动乱的大时代中一个个苍凉的音调；当然，还有《金锁记》里那铜钱般渺远的月亮，红黄的光晕里，折射的豪门大院里那个孤独绝望的曹七巧的灵魂；甚至，在涉及楚汉风云那个宏大历史题材时，她也并不像其他作家那样，去写杀伐决断的权谋之争，而是以独到细腻的视角，去探求大时代风云变幻下，一个弱女子虞姬的幽微内心。

细细思索，答案渐渐浮出水面：原来，能从小看大，绝非狭隘格局，而恰是如此，才能展现作者非凡博大的胸襟。伟大作家，正是通过小，来展现大。

而我们这些读者，不也正是透过那一个个幽微精致的小物件、细腻曲折的小情感，才得以窥探那个传奇多变的大时代吗？

触着那如月晕般昏黄的《张爱玲文集》，我的思绪不禁追溯到浩瀚无垠的中国文学史长河……

譬如张爱玲所敬的曹雪芹，就以生花妙笔，去凝望一朵花的凋零、一个女子的眼泪或是小儿女眼角眉梢间不易察觉的小情绪，读者却能由此窥见封建大家族乃至整个朝代的盛衰兴亡；而作家铁凝的《哦，香雪！》之所以动人，也正因为她将目光凝视于小山村、小女孩和那看似微不足道的文具盒，然而对这一个个"小"的凝视，却能折射出改革开放大时代背景下的乡村变迁；又譬如我颇喜的汪曾祺，我从那脆甜的萝卜、褐色的茶干、细白的干丝里，竟读出了说不尽的生活大美……

原来不只张爱玲，伟大的作家们，无不怀着阔大的胸襟，以洞见的笔触，从细小物件、幽微情感入手，去透析他所处的那个大时代，乃至去叩击浩大无端的人类历史之门。同时也引领着一代代读者，借着那些真切可感的"小"，打破时空的藩篱，去体悟书中所包孕的风云变幻的大时代。

我不禁又想起现下的文坛，那些年轻的写手，却以抒写日常、关注微小为耻，当"上古洪荒""三生三世""四海八荒"等流行元素占据了文坛的半壁江山时，我却常会感到莫名的担忧：一味追求宏大磅礴，只愿凭着虚无的想象在洪荒里驰骋，却对柴米油盐的寻常小日子心怀恐惧，有意逃避。这样的一味"求大"，实则照见了热衷于此的人们内心的空虚浅薄。长此以往，他们的胸怀与格局，注定会日渐狭隘。一个有血有肉的人，将会在这种大而无当的空想中日趋颓靡，失去自我。

沉沉的夜色，终究将我的思绪拉了回来。我放下《张爱玲文集》，却仍放不下文集旁的昏黄月晕。或许，这月晕，和我的这一点思考，也属于我的那个"小"，纵使胸襟无法企及大师们，到底对这小大乾坤，"心向往之"，不如写下，聊作纪念吧！

写此文时，我又把中学时代就常读的《张爱玲文集》拿出来读了一遍，又读出新的感受，写作，也是对自己喜爱的作家的一种致敬。以月亮意象结构收尾，也是我向学生传递"以象开头、以象结尾"的一点思考。

而"下水作文"《一点闲暇心，千里快哉风》，是我有感于当下年轻人把时间荒废在无意义的消遣中所写。

我在笔下引导学生关注先儒孔子向往的"浴乎沂，风乎舞雩，咏而归"的闲雅境界，并联系到当下的智者刘慈欣："空闲的日子，不能仅仅盲目追求'被填满'，也应坚持心灵的'不将就'。于此，我尤为佩服科幻作家刘慈欣，他本是山西矿城中一名普通的计算机工程师，在数十年如一日的尽责工作之外，他身边的同事大都将下班时间用在了打牌、聚会等有限的消遣中，而他却开始警惕这消遣背后不动声色的荒芜感，在周末在晚上，他的视野穿越矿城上方的层层迷雾，触及浩瀚璀璨的星河宇宙。从《流浪地球》到《三体》，一部部想象奇幻的科幻作品就在这些空闲时光里诞生，成就了他在科幻文学界无可撼动的地位，同时他也启发了无数在无所事事中走向平庸的人，'在下班的间隙，开始仰望星空'。"当时正值电影《流浪地球》大热，以原著作者刘慈欣的经历入文，学生感到很亲切，以"下水作文"的方式提醒学生合理运用闲暇时间，比空洞说教更有效果。

每一次践行"下水作文"，都是我从高高的讲台走下，和学生进行平等的、心与心的交流契机。

我在"下水"写作后，深感写好一篇800字的高中作文，是一种很好的文字训练。能在有限的文字里，围绕一个中心写清意思、写出精彩，这种基础训练，对学生今后适应任何一种文字样式的写作，都有裨益。别人抨击应试作文又如何？说起来，我们即使走入社会，无论写作、做人，又何尝没有戴上各种镣铐？镣铐是生命必须面对的无奈，不妨把镣铐当作生命起舞的一个道具。学生在未涉世事前，先在作文中了解人生的真相，学会平衡，努力在框框里做出一点彩，也许可以更加从容地走入这个社会。

写作本身就可以让庸常人生多出一点儿意味。说起来，语文老师想守住一点儿文学梦，其实是最不容易的。日复一日的题海，文字被组合、切割、拆解，一个人，极容易在这些时候消磨掉对文字的热情。

可是所幸自己还可以写，在写时观照自己的灵魂，留住一点信仰。"下水作文"是规定动作，读书随笔和风物散文则是自选动作。

毕竟有一些文字是"下水作文"不能包容的。

读书随笔写得很多，一是自己在读书中的所思，有此记录，可作回顾，同时也有以此劝学生沉下心读书的意味。《一本好书不应被辜负——读〈三国演义〉》《理性跟随，成为自己——读莫言〈红高粱家族〉》《与往事握手言和——读汪曾祺〈职业〉前后稿》《波德莱尔与热馄饨——读木心作品有感》《怀念林清玄先生》等随笔，都是我在一点点阅读的机缘里写就的。

而风物散文，是从我在外乡教书时就开始写的。外乡有外乡的好，可是血缘乡音，终究有不同，会觉得孤独。异乡人慰藉乡思最好的办法，就是吃一顿家乡食物。写在笔下，就是乡愁。

我的家乡在泰州，江苏里下河地区的一个小城，与我血脉相连的地方。我先写过《汪曾祺笔下的淮扬美食》，特别关注到汪老写到我家乡的一种蔬菜："紫萝卜"，勾起我的少时往事。

关于食物的记忆是会生根的，一个个涌来，在夜深人静的岁月里，把它们写在笔下，于是有了《来碗鱼汤面》，有了《闲话荸荠滋味长》。

还有了《藕花深处》《悠悠秧草情》《街巷口的炸臭干摊子》《饺子里的乡愁》……每一种食物里都有一段记忆，鲜灵的、清脆的、温润的、香酥的，包裹着乡思，录于笔下，也成了今生今世的证据……

写作让我看到了一个更宽阔的世界，我也发现，这样的打开，对我的课堂教学也有极大助益。我还记得《藕花深处》的写成，源于参加市里的一次语文教师优质课比赛，临时下发的题目是作家简嫃的散文《一株行走的草》，这是一篇咏物散文。在常规的教学环节设计完成后，我最后安放了一个读写结合的环节。受作家简嫃歌咏"草"的文字启发，我和学生同堂共写一个咏物散文的片段，时值秋日，有人写下窗外回旋、伞样翩跹的金黄银杏，也有人写到花朵细微、芬芳馥郁的桂花，而我联想起里下河的"莲藕"，写于笔下。

读写结合，我想，这是一节语文课应该努力追求的目标。这堂课获得赛场学生和评委的一致好评，后来获得市里的优质课一等奖。

后来我在许多个课堂的最后，都会设立一个"写作"的环节，毕竟，所有对经典文本的阅读，最后都指向自己的接纳与融入。写，是最好的融入方式。

这样的坚持收获的，当然不只是成绩。其实越深入写作越发现，考试院对作文分值的重视，其实也是希望这些即将长大的孩子，能以理性思辨的眼光看世界，能以准确精彩的方式表达思想。如果这一点能做到，又何止获得眼前的分数，更是为今后的生命启程打下坚实的底气。

在共读共写中，我和许多孩子也建立下很深的情谊。想起那个叫"思盈"的女孩，梳着不算长的波波头，眉目细长，上课回答问题时声音清朗脆亮，她在读书笔记里写道："愿每个人都拥有林清玄笔下的'小千世界'。"

如今岁时初冬，夜深人静的灯下写作，有些清寒，心却能愈加沉静。每一次写作，都是一场心灵的抵达；每一次课堂的文字交流，都是和那些目光明亮的孩子，一起往自我塑造的路上砥砺前行……

第四辑　南窗支颐

"我喜欢你是寂静的,仿佛你消失了一样。"

最爱的诗句里,一定有智利诗人聂鲁达的这行。我被这静默如谜的情怀打动,情至深处,言语仿佛成了最苍白的传情工具,那些平平仄仄欲诉难诉的心事,都付与点滴斟酌与书写里了。

大羹淡味

读汪曾祺先生的作品，印象最深的自然是吃了。萦绕于心的倒不是玉盘珍馐，而是他亲自下厨的家常菜"烧小萝卜"，这道菜让他的作家朋友赞不绝口。汪老揭秘：因为萝卜嫩，配汤好。"正是小萝卜最好的时候，而且我是用干贝烧的。"

汪老可谓深谙中国厨艺之深味，东汉思想家王充早有言："大羹必有淡味。"

此菜品里，北京本地产的时令小萝卜为君菜，取其清新嫩滑；来自遥远海洋的干贝为臣菜，取其鲜美爽口；再佐之碧绿葱蒜调色、去腥，几味调和，君臣相佐，共融共生，才成就这至简中存真味的"烧小萝卜"。

其实何止厨艺之道，汪曾祺身为文学大师，想必也将他的写作秘诀移用在烧菜中了。世人读汪曾祺的作品，总有相似的感受："于寻常中见奇崛。"

因为汪老的作品，初看清淡如小萝卜，未见跌宕起伏、惊心动魄之情节，也未见绮丽明艳、华美藻饰之语言，可细细琢磨，这清淡文字中蕴藏的豁达通透的人生哲理，且原是用"干贝"般贵重的风俗人情佐料吊的汤，他以"化骨绵掌"之功将这些脾性不同的元素融为一体，所以才耐读耐品，经久不衰。

你看他写《受戒》，以明海这小娃的视角叙事，描摹的也不过是泥土间的荸荠、绣嫁妆的怀春女子、闪着银光的芦苇，如此寻常淡泊的文字里，容纳的却是士大夫般闲雅从容的人文理想。又如《鉴赏家》，开篇写脆甜的青萝卜、鸡蛋大的香白杏、珊瑚红的樱桃，主人公叶三就携着季节鲜灵灵的水汽走进我们的视线了，看似随意的描摹，却蕴藏哲理：真正的鉴赏家并不是高坐于深不可测的理论故纸堆，而是懂得欣赏生活之美的。再如《熟藕》，那温暖醇厚的风俗人情，包蕴于微火炖熬的甜香熟藕里了。他将情与事慢炖为一锅文字，融为一体，密不可分。

想来汪老真是文坛高手，他并不向人们单一说教豁达从容的气度、温暖真挚的人情，而是如画师调配五色，厨师融和五味，将人情美、人性美的理想容纳在苏北乡间那一个个寻常风物里、琐碎事件中了，共融共生、自然妥帖。

这恰似白先勇先生在谈起《红楼梦》的魅力时，评点的那句："雅俗共赏，它容纳了至高至深的儒道释的哲理情思，它也呈现刘姥姥进大观园时谐谑有趣的市井俚俗。"我想，这部中国古典文学巅峰之作，之所以备受国人推崇，就在于这其中蕴蓄的是中国人对文化兼收并蓄、有容乃大的襟怀与气度。

当然，五味调和，共存相生，并不意味着损害某一方的本色。汪曾祺的"烧小萝卜"的好处在于，他尊重"物各有性"，既保留了小萝卜的"清"，也以适当比例佐之干贝的"鲜"，各美其美，美美与共。并不会如《红楼梦》里那让刘姥姥咋舌的"茄鲞"，用十只鸡来配本自清鲜的茄子，佐料太过嘈杂，反盖住了泥土植物的本味。

其实人生也是如此，我们在读《红楼梦》、读汪曾祺的文章时，理应学习那种兼收并蓄、有容乃大的襟怀与气度。但仍须谨记，无论和外物怎样融合，水加水还是水，盐加盐还是盐，我们与世界相融，是为了不忘来路，成就更好的自己。

欲诉谁人能懂

我读《红楼梦》，私下觉得最动人的情节是：宝玉挨打后，疼痛在榻，挂心的却仍是黛玉，担心她为自己伤心垂泪。于是托人送去两方旧帕，送帕的人不解，宝玉却只笃定对其保证："你放心，她自然知道。"

没想到，黛玉一见，真的懂了，含泪写下《题帕三绝》，托人回赠宝玉。自此，宝黛间的那些求全之毁、不虞之隙逐渐冰消，双方心意得以明了。此时觉得，老聃所言"大音希声"，当真不假。当局外人都在纳闷疑惑时，此二人已在心田自建灵犀桥，容不得他人插足其间。一方旧帕，便是宝黛无人可共享的秘密语言。

我想，真正默契的语言就是这样吧？你不说，只用一个眼神、一方物件，抑或一卷丹青、一曲琴音来传递心意，文字苍白无可弥补的空缺，人类以这些独特的语言来填补，又增添无限绵长的韵味、萦怀于心的牵念。

有时常常会不解，人类真是奇怪的动物。心中的婉转情思，喜怒哀乐，总不愿明示，却往往以曲折的方式诉说出来。有时是环境所迫，有时是心性太高，或不便明说，或不愿明说。那些婉转隐晦的心事，被注解成言语的密码，等待有心人去破译了。

然而事事未必都遂人意。

恰如当年木心携出的 30 幅小画，他把受困时的悲抑和超越囹圄的旷达，都加上语言的密码，描进这方寸卷轴中了，于是满心期待邀三五好友鉴赏，得来的却是不解的目光：他们实在不懂，这些与传统笔墨颇为不同的小画，究竟好在哪里。

是啊，哪有那么容易！毕竟，这世上并没有两片相同的叶子，而每一个生命个体也自有其性情、禀赋、立场，语言的"巴别塔"也由此矗立人世，因而那些绵密情思、壮伟抱负，常常在写下后，就成了没有回音的绝响，似也是人之常理。

欲诉谁人能懂？可谁能断定这曲折的诉说全然没有意义？其实，每一次诉说，都是一次生命心音的记录，若能在同代人中得到知音，固然好。譬如木心的30幅小画，终于在惊讶的眼神中，在赞叹的言语里，获证了它们的价值。那些方寸中有乾坤的微雕艺术语言，终于等到了真正的知音，绽放出它们应有的光彩。这，当然最好。

然而如若没有，也不是我们不用语言的密码去记录生命的理由。那些心有持守的岁月，都会在一次次记录里，留下深深浅浅的一笔。那些历史的印痕，会提醒后代的知音，仔细回味这些曲曲折折的语言，品读书写者重情愈斟情的心事。因为这语言的密码里，藏着对情的珍视。那一笔一划的纸短情长里，藏着"见字如面"的珍重；那一弦一柱的华年追忆中，藏着"高山流水"的弦音雅意；而那一山一水的丹青卷轴间，也藏着中国人最古典善感的情怀，藏着平平仄仄欲诉难诉的故事。

欲诉谁人能懂？那些回环往复的语言密码，愿你能懂，即使不懂，也愿你珍惜那如诗般美丽的情怀。

随车慢行

我读木心先生的文字，仍是最喜那句："从前的日色变得慢，车、马、邮件都慢……"

因为慢，因为车来车往的迟滞，所以从前的人，更重离别，更看重车子所牵系的人间真情。

所以在王实甫的笔下，崔莺莺目送她的张生离去时，才会千回百转地吟出："遍人间烦恼填胸臆，量这些大小车儿如何载得起？"车来车往，见证了有情人的分离，这份浓浓的思情，又岂是奔驰不息的车子能承载得起的？

然而我也清楚，时代的车轮，也终以不可逆阻之势奔驰向前了。当年让崔莺莺牵念不已的马车，已成可供凭吊的历史遗迹，换之以更便捷、更快速的各类代步工具。

我知道，当我们驾着飞驰的汽车、乘着轻盈的地铁和极速的高铁，匆匆穿梭在城市与城市之间时，却再不会有望穿秋水的崔莺莺了。当代的崔莺莺，纵使在面对张生的离去时，大约只会轻描淡写一句："路上注意安全。"而后匆匆走向她自己的下一个行程。因为她不用再担心山长水阔的车马颠簸，不用再担心风餐露宿的旅途艰辛，也不用担心驿寄梅花、鱼传尺素那遥遥无期的等待了。因为科技使得曾经迟滞的交通变得迅捷，也使得曾经不便的通信变得容易。

然而我却总担心，当代人在这南来北往的迅疾辗转中，却因行色匆匆，失去了那份郑重的等待，那份缓慢经营时光的心意。

"从前的日色变得慢，车、马、邮件都慢……"再细细品读木心先生的这句诗，我开始明白，人们真正怀念的，不是那缓慢行走的车子，而是在这缓慢行程中，得以拥有的细细品咂生命美好的岁月。那些绵长悠远的牵念，乃至辗转反侧的忧思，若是放置在时下匆匆行驶的车流中，怕是只得残存喘息了。

也正因如此，当我发现在这个时代里，也有一些人愿意在这奔腾的车流中寻找到另一种形式的"慢"时，我会心生喜悦。譬如盲诗人周云蓬，他乘着最慢最慢的绿皮火车，缓缓地书写一路的心程，而我也在慢慢地读。在周云蓬眼里，绿皮火车已不仅仅是一种交通工具，而是承载着诗意真情的寄托。当火车轮子转动之时，他写道："末日之年，歧路虽多，然有爱者，终会殊途同归。"带着爱与诗情，他就这么边走边写边唱，在绿皮火车曲曲折折的颠簸中，到达了属于自己的梦想远方。

就这么读着木心，读着周云蓬，我开始释然：我们终究不可能固守从前的生活方式，其实，我们真正应该提醒自己的，是不要被疾驰的现代工具扰乱了内心的脚步，内心的真情。我们要固守的，并非木心的马车，抑或周云蓬的绿皮火车，而是那份随车慢行的姿态。

莫愁前路无知己

身陷囹圄，木心出来后，心心念念的第一件事，是邀好友一起赏鉴自己创作的30幅小画。然而这心心念念，迎来的却是一双双困惑的眼神：他们不能理解，这些画，究竟好在哪里？

当晚，木心在日记里写下："窃以为明月清风易共适，高山流水固难求。"

人毕竟是社会性的动物。人生在世，谁不期盼有一个真正理解自己之人？这样的一个人，懂得欣赏自己的优点、长处，也懂得体谅自己的脆弱处、瑕疵处，能够倾诉心声、推心置腹之人，不是在觥筹交错中推杯换盏、巧言令色的玩伴，而是清净天地间，能陪伴自己共守"红泥小火炉"、温酒吟诗的挚交。

然而，"理解"二字，何其难也？正如这世界永不会出现相同的两片叶子。两个不同的个体，基于自己不同的立场、阅历、知识等，往往难以理解另一方的所思所想。而许许多多超越时代、拥有浩大境界的智者贤者，不能被时人所理解，似乎也在情理之中了。

可遗憾，也往往由此而生。

所以，纵使雄浑如曹孟德，也会在临江时口占一句："青青子衿，悠悠我心，但为君故，沉吟至今……"；纵使豪迈如岳武穆，也会在冷夜里吟出："欲将心事付瑶琴。知音少，弦断有谁听？"；纵使英雄如辛弃疾，亦会在登高时叹一声："把吴钩看了，栏杆拍遍，无人会，登临意。"

铮铮侠骨，也终会在无人理解之时，现出少有的遗憾与脆弱。

更何况温文如木心？更何况平凡如我们。

可即使如此，高贵的灵魂，也不会因为这暂时的不被理解而去降低自己、妥协迎合。

就像那仿佛一直温和的存于我们的时代的木心。不被理解的时候，他仍然悉心装裱好自己的画作，不把它弃墙隅，不让它惹尘埃。他从年少气盛等到苍颜白发，终于迎来了激动地敲门的陈丹青，这个青涩的年轻人，开口却是少有的坚定："木心，你画得真好啊！"

这理解，虽来得晚，却力重千钧。

所以，当你失落徘徊之日，不必陷入妥协的困局，不必将自己的价值，完全寄托于他人的理解。因为如若以妥协去迎合旁人所谓的"理解"，那么旁人认可的，也不过是附加了粉饰的另一个生命个体。而你，灵魂没有了，要这样明面上的理解，又有何用？

所以，莫愁前路无知己，你只需依着你的轨迹矢志前行，该遇上的，终会遇上。纵使未必能遇上，这个矢志前行的你，已经获得内心的依托，又何须再将自己的价值，完全寄托于他人的理解之上呢？

独处中品清静

少年时初读张岱的《湖心亭看雪》，只觉得极美，"余挐一小舟，独往湖心亭看雪"，"雾凇沆砀，天与云与山与水，上下一白"。苍茫天地里，仿佛只我一人，独品这浩大乾坤中的清静素简之美。那时猜想，这一定是一位参禅入定的老僧，否则怎能在独处中，获此自在境界？

却发现原来不是。读到他的《自为墓志铭》，才知晚年深居简出的张岱，曾在少年时，享过无尽繁华与热闹。用他自己的话说："好鲜衣，好美食，好华灯，好烟火……"想来当日定是呼朋引伴，万人簇拥。我顿时陷入惶惑：这样的一个人，怎会甘心遁隐山林，怎能忍受满眼折鼎病琴、残书缺砚的独处之悲呢？

后来再想，也对，不管是否出于自愿，人也唯有经历过富贵温柔乡，那极盛极繁之景，才可能在抽离后的对比中，明白独处的可贵。

世人往往觉得，笙歌曼舞的热闹是美好，灯火萧索的独处是荒凉。所以许多人向往热闹，而排斥独处。殊不知，人在笙歌曼舞、推杯换盏的热闹里，往往会看不出自己的心，此时人只是跟随喧嚣的大流沉浮，放弃了思考，无意识地欢笑。因而尼尔·波兹曼会忧思"娱乐至死"的现代病："人们感到痛苦的不是他们用笑声代替了思考，而是他们不知道自己为什么笑以及为什么不再思考。"此时的他们，之所以不敢独处，是因为他们只能在拥挤的人群里获得存在感，是因为空无一物的内心是无法抵御独处时那巨大的荒凉感的。

这时觉着，张岱那独处之"悲"里，未必没有"幸"。人需要有这样一个机缘，和世界保有一个距离。在这个距离里审视世界的喧嚣与暗潮，这里有活色生香，却也免不了暗礁险滩。当局者迷，陷身其中的纨绔子弟张岱，唯有受命运的当头棒喝，才可能独抒心志，以似眷恋似沉痛之笔，写下满怀黍离之悲的《陶庵梦忆》。也让后人得以窥见明王朝兴亡的一斑踪迹，也为这个落魄才子独而不群的风骨击节而叹。

"湖上影子，唯长堤一痕、湖心亭一点、与余舟一芥，舟中人两三粒而已。"其实张岱的独处，并非孤僻。他坚守那独而不群的"一个"，却也为于此偶逢"两三粒"知己而欣然畅饮。张岱说，和那同好同癖之人共享这清净天地，并不妨碍他心灵空间的独立，乘兴而来，尽兴而返。

愿还未被"娱乐至死"的喧嚣淹没的你，能停下前行的脚步，给自己一个独处的空间，给心灵以安放处，读一读张岱，品一品浩大天地的清静素简。

一点闲暇心，千里快哉风

细读《论语》，才发现孔子是有大智慧的人。年少时我以为他是个老学究，锁眉深思、恓恓惶惶的样子，并不愿去和他亲近。现在我发现他并不是我年少印象里那总是锁眉深思、恓恓惶惶的样子。他在胸怀大理想的同时，竟十分注重对闲暇时光的经营。

你看，当听到其他弟子大谈治国理想时，他只是哂笑不语，独独赞赏曾点"浴乎沂，风乎舞雩，咏而归"的闲雅境界。他也喜欢音乐，曾经因沉迷《韶》乐，竟至"三月不知肉味"。他对美食同样有着极致追求，亲口对弟子们耳提面命"食不厌精，脍不厌细"。

原来，被后人加封加冕的孔圣人，其实不是古板不近人情的老学究。在为大义奔走的责任之外，他也很懂得享受人生里的闲暇时光。

这才是智者该有的样子，在社会规定职务中尽心履行自己的责任，却不因此对自己的生命质量弃之不顾。懂得享受闲暇时光，使得生命更接近丰沛完满的境界。

两千多年前孔夫子珍视闲暇的智慧，顺着历史之流蜿蜒而下，慢慢延展成中国人"生活的艺术"。于是曹雪芹在《红楼梦》里描摹他的青春少年们，细赏菊花、兴建诗社、水榭听曲，大观园里一派闲情逸致；而李渔在他的《闲情偶寄》里又不厌其烦地从饮食、花卉谈到戏曲、养生，闲暇时光过得如此有滋有味，令人向往；等到了民国，林语堂索性写了一本《生活的艺术》，总结中国人是如何在闲暇时陶情遣兴、吟风赏月，将生活过成了艺术的。

可叹的是，现在的人们却总不能从容畅享这闲暇时光了。工业化技术的日新月异，本意是想解放人们的双手，让人们留出空闲去感受生命的美好。然而，现在的人们纵使有时间空当，却很难感受到闲适之意了，时间只是被填满而已。你最忧虑的是青年人，他们可能正在紧盯手机屏幕，在"王者荣耀""吃鸡"的异次元世界中打得如火如荼;又或者在马路边、休息区,手指联动刷"抖音"笑得忘乎所以;也有可能,拿起手机刷新微信朋友圈看好友动态,仅仅成了一个"上瘾式"的无意识习惯……然而这种光影技术带来的唾手可得的视听满足感,并没有给人带来悠游自在的闲暇享受,而是以人们放弃思考为代价,以高强度刺激获得某种短暂的快感。但这种低层娱乐结束之后,回到现实,人们却往往感到前所未有的空虚和恐惧。因为仅仅是猎奇式快感而已,没有给生命的成长带来任何益处。

所以美国学者尼尔·波兹曼才会在《娱乐至死》中,不无忧心地指出:"人们感到痛苦的不是他们用笑声代替了思考,而是他们不知道自己为什么笑以及为什么不思考。"

至此,我忽然觉得,所谓闲暇,并不仅仅是时间上的宽裕,更在于容许心灵有诗意的栖居地,生命的品位在闲暇中潜移默化地获得提升。

因为生命的拔节生长,不仅在忙碌的工作中完善完成,也应在闲暇的时光中蓄积养分。

让我们都能找到属于我们的那一点闲暇之心,珍视之、经营之,以此引动千里快哉之风!

共拓诗词路

《中国诗词大会》第三季决赛中,当看到快递小哥雷海为获得冠军时,无数观众激动欢呼,因为人们欣喜地发现,源远流长的中华诗词路并未越走越窄,而是在新时代人们共同的开拓下,走出了新的康庄大道。

鲁迅先生说:"世上本没有路,走的人多了,也便成了路。"诚哉斯言!中华诗词路,也经历了从无到有的过程。

犹记得踏歌而来的先民,为中华诗词路的开拓所做的努力:《诗经》中吟唱着"青青子衿,悠悠我心",为这条路铺上了沉郁悠长的韵味;诗人李白的"仰天大笑出门去,我辈岂是蓬蒿人",接着为这条路增添了豪迈自信的气魄;而词人李清照的"和羞走,倚门回首,却把青梅嗅",又给这条路点缀上婉转细腻的情思……

漫漫诗词路,就这样从一点一滴铺就。它承载的是先民超越苦难现实的一份飞扬的希望,绵延的是华夏子民对爱与美好的追寻与期盼。

然而可叹的是,当时代之轮以不可阻遏之势滚滚向前,伴随着工业化扑腾而来的尘土与浓烟,诗词之路,似乎也在被商业化和功利化大潮挤压得越来越窄。

但人们并没有因此变得更加快乐,海德格尔曾希望人能"诗意地栖居"在大地上,而当现代人的心灵失去了诗意的栖居地,必然感受到作家梁文道所忧虑的"巨大而空洞的荒凉感"。我们在"娱乐至死"的狂欢中蓦然发觉,王开岭所言"我们唱了一路,却发现无词无曲",竟一语切中我们时代的弊症。

有幸可见,一些有识之士没有被商业化的时代大潮裹挟,他们心怀对诗词坚定不渝的热爱,为这条路的开拓付出了自己的一点虽绵薄却珍贵的努力。譬如在《中国诗词大会》中,我们欣喜地看到外卖小哥雷海为在辛苦的工作间隙,捧读诗书不忘大义的可贵精神;我们还看到重病之下的白茹云,以诗词抚慰贫困与病痛带来的双重折磨；我们也看到高中女生武亦姝作为少年一代，饱读诗词，成为传统文化的传承者……晏子有言"为者常成，行者常至"，因而涓涓细水，最终能汇成浩瀚大海；抔抔细土，最终可铸就康庄大道。

可见，中华诗词路的未来，需要我们每一个个体共同开拓，才能让源远流长的诗词文化绵延不绝、薪火永传。

人生有求品自高

我翻开余秋雨的《行者无疆》，蓦然被一句话吸引住："有人把生命局促于互窥互监、互猜互损，有人把生命释放于大地长天、远山沧海。"这句子之所以触动我心，是因为我在文字里，读到了一个心有追求的博大心灵。

从《文化苦旅》到《行者无疆》，我始终相信我读到的余秋雨，就是这样一位心有所求品自高的读书人。关于这位作家的争议，不大关注新闻的我也有所耳闻。但我始终相信，他走过的山川大河是真的，他在笔下寄托的胸怀与追求是真的。因为心有对文化理想的追求，所以他的文字里，沉淀着当下畅销写手们不具备的厚重品格。

我想在文化中苦旅的余秋雨，他的真正追求，并非功名富贵。"学成文武艺，货与帝王家"，多少文人志士在这条路上挤破头皮一去不回。而我固然不能说余秋雨不食人间烟火，但当他卸下高校院长的职务，婉拒省部级职位的征询，携着轻胜马的竹杖芒鞋，踏遍祖国大江南北，意图寻觅文化之根、民族之魂时，他的追求已真正超越他所摒弃的"互窥互监、互猜互损"的狭小空间，延展到"大地长大、远山沧海"的博大天地了。于是，我们得以在他的《风雨天一阁》中，看到他对世代藏书人的敬重；在《道士塔》中，看到他对文明被无知者践踏的痛惜；在《信客》中，看到他对古老契约精神的缅怀⋯⋯

因为我相信，一个内心空洞、无所追求的人，是写不出《文化苦旅》《千年一叹》《行者无疆》这样满怀对祖先敬畏、对文化理想执着的高品格作品的。

人生苦短，这一生何其珍贵，若是浑浑噩噩茫然于前路，这一生也许就荒废在犹豫不决中。不如定下心神，寻找毕生值得追求的事物。所以作家茨威格才会感慨："一个人生命中最大的幸运，莫过于在他的人生中途，即在他年富力强的时候发现了自己的使命。"这使命，并非为眼前的蝇头微利、蜗角虚名去汲汲钻营，而是追求一个真正能使人生绽放光彩的一个理想、一种情怀。

这种追求的境界，我想，也并非是名家学者的专利。我们不必怀着"高山仰止"之心望洋兴叹。去看看我们身边看似平凡却因追求而绽放光彩的人吧！你一定不会忽略那个在《中国诗词大会》上有从容气度的外卖小哥雷海为，那个在生活中奔波劳碌的他，始终没有放弃对诗词的执着追寻；你也一定会感动于育儿嫂范雨素对文学梦的坚守，北京皮村的简陋屋舍圈不住追梦人的脚步；你或许也曾看到新闻中的一张图片，杭州图书馆里一位拾荒人专注地阅读手中的书，身处卑微，心也拥有追求光的权利……

纵使他们只是芸芸众生中毫不起眼的一员，然而对诗和远方矢志不渝的追求，却成就了平凡人的不平凡品格！

所以，亲爱的你，何必再彷徨、再犹豫？用激情的脚步打出追求的颤音吧！因为人生有求品自高！

沧桑见美

"生命是一袭华美的袍子，上面长满了虱子。"每每读张爱玲的小说，脑海中总会浮现她的这句感慨。我不明白，这话分明透着无限悲凉、无限沧桑的意味，却又为何有着摄人心魄、令人折服的力量？

痛楚本应堕落成丑恶，然而，它何以能绽出芬芳鲜美之花，又何以能拥有令众生倾倒的魅力？

顺着她的人生脉络读下去，我窥见了她那苍凉颠沛的一生，她将这道不尽的生命之痛，化在笔端而流淌出的绝美文字，引人沉醉，引人心伤。答案，也渐渐呼之欲出了。

张爱玲的个人经历，本就充满着坎坷不幸：早年因父母离异带来的童年阴影，青年时和胡兰成的爱恨纠葛；与此同时，大时代的离乱伤痛，也让她的一生，都处在颠沛流离之中。

然而，面对这刻骨铭心、深入骨髓的痛楚，张爱玲没有选择陷入沉沦、麻痹堕落，而是将之化作笔下洞见人情的百态世相。无论是初露锋芒的《天才梦》，还是诉说曹七巧悲情一生的《金锁记》，都是历经人生酸楚诞生的产物；纵使是结局看似完满的《倾城之恋》，也透着面对国家丧乱而产生的无奈与不安。

在张爱玲笔下，看似华美的文字，却流露着诉说不尽的苍凉通透。这对人性人情作深沉叩问的作品，饱含经历苦痛而淬炼出的沧桑之美，令读者久久不忍释卷。曹雪芹说："世事洞明皆学问，人情练达即文章。"是啊，唯有经历苦痛，才能造就世事洞明、人情练达之人、之文，令人灵魂为之激荡，为之沉思，为之倾倒。

循着记忆的纹理，我且读且思，又发现，岂止是张爱玲，无数的例证都在告诉我，唯有历经沧桑淬炼之美，才能拥有倾倒众生的力量。

譬如杜拉斯，少女时代在越南爱恨交织的一段经历，成就了令人叹息的小说《情人》；又如史铁生，失去了双腿的遭遇，迫使他反思人生，抒写了令无数读者落泪的《我与地坛》。不仅文学，在绘画界，画家林风眠在历经家国之痛、身世之悲后，才在笔下执着地叩问着生命，追寻艺术的意义，画出了受压迫却不愿屈从的《孤鹜》，画出了明丽娴静却暗含忧伤的《绿衣少女》，这些在痛苦的思索中孕育出的寓意丰赡的画作，总能令观者久久驻足，沉浸其中。

他们的经历，都印证了清人赵翼那句"赋到沧桑句始工"。若不经历伤痛的磨砺，他们的作品也许只能陷入吟风弄月之流，成为浅薄平庸之作。而唯有经历沧桑之人，才能将经历的痛楚沉淀为富有深度的、引人思考的醇美佳酿。

然而当下，纵观浮躁日盛的文坛，痛苦没有了，转而出现的，是微信公众号里盛行的毫无营养的鸡汤文，小女人散文。他们有意避开苦痛命题，一意营造麻痹人心的暖文，以迎合公众只求"娱乐至死"的低级趣味。他们的作品，看似辞藻华美，富有趣味，可却在一天天地流于浅薄平庸。这些微信文，或许能一时引起读者驻足，然而却因缺乏经沧桑淬炼的大美情怀，而不可能拥有倾倒众生的恒久魅力。它们，只能速朽。

想及此，我决意，今后还是放下那些公众号吧！继续去研读身边的张爱玲、史铁生的书，这些因沧桑见美的作品，才会有令人倾倒的力量，才能耐得住一品再品啊！

痛后之思

每每读张爱玲，我总会被她笔下那苍凉通透的智慧所折服。

毕竟曾经历过父母离异的惊惶、继母苛责的畏惧乃至与生母的不和……年少时的种种哀痛，已足以击碎一个人，或沉沦不起，或撕心裂肺。

但是她没有。相反，她将这些生命不能承受之痛，沉淀为最深沉的思索，收获为最宝贵的财富。面对理想的欢畅与现实的不顺，她说："生命是一袭华美的袍子，上面长满了蚤子。"她那些"咬啮性"的烦与痛，也有了纾解的渠道，因为她经历这些痛楚时，反思出一个道理：每一个看似光鲜的生命个体，往往有一些事情自己无能为力，所以，不必执着于自己的痛，而应将之看作生命必经的过程。

这种领悟，于一个人的成长而言，有莫大的价值。

其实不只张爱玲，许多艺术大家在经历了人生的苦痛后，不沉沦，不抱怨，而是反躬自省，写出了华彩的篇章。

譬如萧红，当她目睹故乡人民饱受离乱之苦，落于笔下，便是《生死场》中对于人性的考量；譬如史铁生，当他在最好的年华"忽的残废了双腿"时，他没有痛斥哀号，而是化作《病隙碎笔》中对生死的深层追问；又如伍尔夫，当身处英国维多利亚时代，男尊女卑的问题让她倍感沉痛，她没有一味沉于这负面情绪中，而是在《一间自己的房间》里去思考女性的未来之路……

可我又不禁想起当下的文坛，这样对痛苦进行深沉思索的作品，越来越少了。我们只看到流行作品为迎合市场，一味地"炫痛"，一味地"虐心"。然而，这些作品，也仅止于"痛"字，再无思考与审视，更谈不上价值和意义。因而短暂的大卖，终究不能真正引发读者和观众心灵的震荡，其艺术生命必定不能持久。

想及此，我决意，今后还是放下那些青春疼痛作品吧！继续去研读身边的书，那些对痛沉淀而来的思索，才会成为生命中无尽的财富。

文化呼唤惊喜之心

每读金庸，最喜那老顽童周伯通，为了"好玩"，自创"左右互搏术"，让无数江湖小辈羡煞："何以我等费尽心思，却只得功夫之皮毛？"

我想，也正是因为，周伯通怀着的是对武艺永恒的惊喜之心、赤诚之心，才得以抛却小辈们汲汲功利之欲，只用心钻研武艺本身，才会在无心中得斐然成就。

孟子曰："大人者，不失其赤子之心。"圣人所推崇的赤子之心，就是拂去功利物欲的尘埃，对热衷的事物怀着孩提般的惊喜之心、赤诚之心。惟其如此，才会心无旁骛、矢志钻研，不被喧嚣困扰，终成一代大家。

然而当下，如老顽童般对传统武术怀着赤诚之心、惊喜之心的人日益匮乏。有人练武，丝毫不怀对武术本身的惊奇与喜爱，而是抱着求胜的功利心。长此以往，武术包蕴的文化内涵必然被消解，只剩勾心斗角、争强好斗的坏风气。譬如近期引起热议的太极与拳击之争，热衷网络骂战的太极拳师雷雷，他被打倒是必然的。因为他早已丧失了孩童观武时，那份最原始的惊喜之心、热忱之心。假如像雷雷这般丧失了对武术的惊喜的太极拳师，占据了武术世界的主流，那么传统武术又何谈复兴？

不独武术，时下一些人丧失了对万事万物的惊喜之心。

譬如文学界。曾经的文化大家，满怀惊喜之心去凝视自己的少年生活：所以才会有沈复笔下满是趣味的幼时世界，才会有鲁迅笔下那生机盎然的百草园，才会有圣埃克苏佩里笔下那梦如星斗的小王子……而当下一些流行作家为迎合市场，一味地"炫痛"与"虐心"，未能引导青少年去感受生命的惊奇与喜悦，长此以往，当青春都染上沉沉暮气，我们的文化之路，又如何去迎接蓬勃的阳光与朝气？

我不禁又想起那个永远快乐的周伯通。他能在与人打着架时，忽然停下，拍手大呼:"好玩儿,真好玩儿!"不为输赢,只为热爱。永葆童心的周伯通,他的生命之花永不会凋零。

愿我们的文化里,也多一些这种抛去功利、摒弃算计的惊喜之心。

留得风雅在人间

欧阳修是北宋重臣、文坛领袖，这么多名衔为他增光添彩，让许多人觉得高山仰止。然而，我却独独喜爱那在滁州山水间，与民共享风雅的醉翁。

你看他在《醉翁亭记》里，可谓写尽风雅之事：享四时山水，饮清冽美酒，尽射履之欢。北宋时代，最本色也最有情味的赏心乐事，莫过于此了。

留得风雅在人间。那个陶然于"众宾欢"中的欧阳修做到了，在他的引领下，滁州百姓获得了一次次向诗向美的洗礼。

反观当下，一些人似乎丢失了当年欧公的智慧，觉得风雅一词，只能属于文人墨客，其他人追求一点风雅，就会被讥讽为刻意附庸、东施效颦。

这些观点，大概还在于人们对风雅的误解、阶层意识的固化。这些人觉得，阶层的高下往往会影响物质水平的高低，他们推而广之，认为在精神领域，对风雅的艺术活动的追寻也只能是文人雅士的特权。

我却为此种看法的盛行而悲哀。我想起郝景芳拿着《北京折叠》获雨果奖时，曾说过的话："我不希望我的故事里，'第一世界'和'第三世界'的悬殊，成为真实。"是啊，阶层的隔离，是我们的忧虑。如果连精神世界的风雅，也将隔离在文人雅士之列，那么我们的世界，将会变得多么荒凉冷漠、粗俗不堪啊！

我想，真正的风雅，绝非束之高阁的阳春白雪。杜丽娘挥一挥衣袖，寂寞地吟出"你在幽闺自怜"。这样的所谓风雅，必将在这高处不胜寒的寂寞里黯然消隐。真正的风雅，是带着柳词那般"凡有井水处，皆能歌吟"的朴素与亲切，让所有向往风雅之人，都能在诗情画意中，获得身心的陶冶与净化。

所幸，我们"一般人"，没有被这附庸风雅的论调吓到，热爱者的热爱矢志不渝。《中国诗词大会》里，修车师傅王海军边摆摊边和人切磋诗艺；北京破落的皮村中，育儿嫂范雨素凭借对文学的执着、热爱，打动了无数网友；

杭州图书馆内,衣衫褴褛的拾荒人,也可以在阅读中拾起心灵的微光和生而为人的尊严……

我不禁又想起欧阳修,当他读到尚名不见经传的苏轼写下的《刑赏忠厚论》,不禁击节而叹:"快哉!老夫当避路,放后生出一头地也。"此等胸襟与风范,何其可佩。而真风雅之人欧阳修,从"一般人"中提携的一个个后生,也成为风雅大宋诗文江海中尤为瑰丽的一域浪潮。

当然,天才苏轼们世间再难寻得。而我们"一般人",哪怕附庸又何妨?只要怀着一颗向善向美之心,怀着对诗情画意的纯粹热爱,那么无论是贩夫走卒,抑或文人画士,都可在追寻风雅的日子里重塑更好的自我。让所有晦暗的岁月,被风雅之光照亮。

君子固穷

我每在彷徨困顿时,就会读一读简媜的那句话:"箪食瓢饮不美,美的是居陋巷不改其乐的人。"人生在世,难免会遭遇困窘之境,而在此时,恰是检验一个人心性的最好时刻。不因困窘就心怀恨意、肆意妄为,在愈穷时愈见精神,方为真正的君子。

而我读《史记》,"孔子困于陈蔡"的场景也深深震撼着我。身处春秋乱世的仲尼,还没有被后人打造为圣人,他在自己的时代里被放逐、围困,"累累若丧家之犬"时,这位老人"弦歌不绝"的身影尤其打动我。更难能可贵的是,他不仅"独善其身",还以"君子固穷,小人穷斯滥矣"来告诫自己的弟子:君子在困境中仍坚守节操,而小人却会在此时逾越底线、胡作非为。他的教导,让同样身处困境的子路和子贡在怨声载道、心性动摇时迷途知返,更让弟子颜回坚定了"箪食瓢饮"而"不改其乐"的高洁操守。

我想,儒家坚守的这种"君子固穷"的品格,自仲尼以降,实在是滋养了一批有识之士。在历史的漫漫长河里,有"穷年忧黎元"的杜甫,在残败的茅屋里仍坚守护卫天下寒士的忠贞信仰;有"位卑未敢忘忧国"的陆游,在"僵卧孤村"时仍心念"北定中原"的激烈壮怀;有"梨虽无主,我心有主"的许衡,当口渴难耐、众人劝说之时,仍以近乎迂腐的姿态拒绝不义之梨。这些先贤都以自己的方式,诠释着"君子固穷"的深刻要义。

有时我也会疑惑,为何身为君子,却常常遭遇困窘蹇舛的命运呢?我又想起孔子困于陈蔡时,弟子颜回的回答:"夫子之道至大也,故天下莫能容夫子。"先贤对节操的坚守,常常因超越时代能理解的范畴,而被世人误解、嘲讽,恰在此时,仍坚持不与世推移,他们的生命在经受困境淬炼后,那涅槃后的光彩犹显动人。所以深得孔子心意的颜回,才会坚定地说出:"不容何病,不容然后见君子!"这句君子的宣言,以振聋发聩之势,穿越历史的长空,点醒无数昏睡的人。

如今，常听人说世风日下，人心不古。我却不信，因为任何时代都有被困就不住抱怨的子路，也都有饥渴就不问出处、哄抢梨子的众人。也许在我们的时代里，如孔子如许衡这样的大师早已成远去的背影，可我也总觉得，他们的精神早已潜移默化于身边许许多多的普通人中，以更亲近的方式感染着每一个人。譬如《中国诗词大会》里的外卖小哥雷海为，在每一个送外卖等待的间隙里，拿出诗词诵读的时刻，就是如孔子般坚守"君子固穷"的时刻，也正是如许衡般"我心有主"的时刻。因为心中有坚守，再晦暗的日子也会绽放出无上的生命华彩。

愿我们每一个人，都能在生命困顿时徘徊时，想起困于陈蔡的孔子，想起捧读诗词的外卖小哥，时代与困境虽不同，固守高洁品格的心却一样值得钦敬。

走出洞穴

柏拉图曾以"洞穴囚徒"的比喻，讽刺那些被捆绑于洞穴，每日只能观看墙壁上影子戏的人，或被动或主动，他们的视野被局限于世界幽深一隅，格局狭小却不自知。

然而堕入幽深黑暗，仅于温饱中苟且残存，只在洞穴里影子戏的"供养"中度过余生，到底辜负了人所拥有的思想与智识。要知道，人之所以为人，本应如帕斯卡尔所言，做"一根有思想的苇草"，本应如马斯洛所言，在生存与安全需求之上，于更高视野中，去寻求自我价值和自我理想的实现，唯有如此，真正的幸福感才会随之而来。

可叹的是，在现代社会中，少有人能如《楚门的世界》里的男主人公楚门那样，当意识到自身受捆缚后，勇敢地走出他的洞穴，在更高的视野里走向未来。许多人安于自己的"舒适圈"，或许"视野狭小"的哀叹也曾在他的心底滑过，也只是滑过而已，转而这些人又转向眼前的"小确幸""小美好"，而忘却了曾经向往的广阔天地。所以，在我看来，视野狭小，也许最初往往出于不得已的被动，但如果长久拘囿于逼仄角落，人生之路越走越窄，多少也有主动默许的意味，阻隔在曾经的抱怨里停滞不前，落入可怕的习惯窠臼。

于是可知，最终冲破阻隔拥抱广阔视野的，也只能是人自己。也因此，我十分佩服电影《肖申克的救赎》中的安迪，蒙冤入狱后，他勇于冲破条框，打开监狱中的广播音乐，当莫扎特的歌剧在封闭的、毫无自由可言的肖申克监狱上空响起时，我看到每一个曾被命运束缚的囚犯眼里飞扬的光辉。安迪不甘于视野被局限，他主动打开了世界的一道光，为自己也为他人带来了生命的美好与希望。

当然，我所认为的宽阔视野，并不局限于物理意义上的空间广远。毕竟，有时肉身所处的空间面积，并不是主观能动就能决定的，但智慧通达之人，身居斗室，仍可以心游万仞、思接千载。所以，刘禹锡身处一方陋室，却因德馨而致远；刘亮程在一个人的村庄里，却拥有星空般广博的胸怀；而弗里达·卡罗困守画室时，却以充满力量的《自画像》传达坚定与尊严。毕竟，真正伟大的灵魂，是不会被外力束缚视野的。毕竟，真正广阔的视野，来自心灵的容纳海川、广袤无垠。

也愿你能走出自己的洞穴，拥有广大格局，拥有飞扬幸福。

勇者无惧

"你以为我矮小，贫穷，卑微，不美，我就没有灵魂，没有心了吗？你错了，在上帝面前，我们是平等的。"

每每读《简·爱》，我总会被简——这个貌不惊人的家庭女教师所震撼：她对庄园主罗彻斯特的声声诘问，是柔弱之躯里爆发的果敢勇气。这是生而为人应有的态度，唯有这勇气，才能使人存活于世而不自欺，才能使人承受他人复杂的目光。

我能够想见，在阶级等级森严、性别歧视泛滥的英国维多利亚时代，拥有这勇气有多不易。在诸多女性选择在婚姻市场顺应迎合、矫饰自我时，简却没有如鸵鸟般俯首低眉，而是勇敢地追求经济、人格的独立。她从未想要依附任何人。因为她明白，一个人唯有拥有不自欺的勇气，唯有走出柏拉图笔下的"洞穴"，不做麻痹自我、甘做附庸的玩偶，才可能拥有自由的灵魂、独立的人格。

何止夏洛蒂·勃朗特笔下的简，翻开浩瀚无垠的文学史册，无数温和而坚定的声音渐次响起："现在我相信，首先我是一个人，跟你一样的人。"那是易卜生《玩偶之家》里娜拉独立意识的觉醒；"女人应该拥有一间自己的房间"，那是英国女作家伍尔夫呼吁女性自主的锐利思考；"何须浅碧轻红色，自是花中第一流"，那是中国第一女词人李清照不畏流俗的果敢宣言……

当然，走出这被困的洞穴，光有不自欺的勇气还不够。毕竟，人的社会属性，要求个体必须面对社会。在直面自我之外，人还需要勇敢迎接他人的目光。毕竟，萨特所言"他人即地狱"，多少喻示了自我与他者相处的困境。所以，这条路自然艰辛无比。

你看，连大文豪莎士比亚都会写下："脆弱啊，你的名字是女人！"——偏见的目光早就如烙印般刻于女性身上。因而诸多女性拘囿在胆怯里，走向了自欺、附庸的泥沼。这没有给女性的命运带来丝毫益处，因为附庸，带来的是自我权利的丧失，话语权被剥夺，未来从何谈起？

那么，他人的眼光既然无可避免，不如做鲁迅笔下"真的猛士"，敢于直面惨淡的人生，正视淋漓的鲜血，无惧坚守自我。于此，我尤其敬佩加拿大女作家玛格丽特·阿特伍德，她以锐利的眼光、果敢的姿态，写下一部部关注女性前路的文学作品，鼓励女性面对不公的命运时，拥有觉醒与斗争的勇气。正如她在《使女的故事》中所言："任何被压制的声音都不会甘于沉默，它们会以某种无声胜有声的方式大声疾呼自己的存在。"这种冲破压制的疾呼，即是对外界的直面、对自我的认可，生命于此时完满自足。

其实何止女性应有如此勇气，纵观历史，无数被命名为"弱者"的人们，在万马齐喑的时代，都在高举勇气的火把，携着孟子般"虽千万人吾往矣"的豪情，抵御他人的目光，照亮自己前行的路。

我又想起《论语》中那震烁古今的智言："勇者不惧"，如若有一往无前的不惧之勇，茫茫前路，亦有星辰大海。

静默如诗的情怀

"我喜欢你是寂静的,仿佛你消失了一样。"

最爱的诗句里,一定有智利诗人聂鲁达的这行。我被这静默如谜的情怀打动,情至深处,言语仿佛成了最苍白的传情工具,那些平平仄仄欲诉难诉的心事,都付与点滴斟酌与书写里了。

恰如老子所言:"大巧若拙,大辩若讷,大音希声。"东海西海,心理攸同。人性之理皆是这般。人与人之间最深的情,莫过于不说话,就十分美好。

不说话,并不意味着失去交流。古人的深情在于,情感传递的方式曲折,但尤显郑重。

那情,最动人的,织就在母亲"临行密密缝"的一针一线里,游子裹衣时会感受到那份踏实;最传奇的,藏在"赠我双鲤鱼"的远方客人手中,剖鱼见尺素,承载着写信人细腻绵长的情思;而最风雅的,一定寄托在"聊赠一枝春"的君子之交里,当江南的春梅到了身在北方风雪的故人面前,情谊也变得深邃而诗意。

这些深情,写就已然不易,而想要传递,又需要山长水阔、日日年年的等待,在那个通信不便、交通迟滞的年代,千回百转的思念,往往化作披衣觉露滋的遥望,夜夜不能寐的惆怅。

而当我们吟诵那些遥远的诗行时,也会对那些陷入"离别苦"中的人们心生无限同情。

从这一点看,现代科技的发展,交通的便捷、通讯的普及,确实给曾经分隔天涯的人们以更多的方便。飞驰的高铁和飞机可以让我们拥有说走就走的相聚,手机和智能网的普及也让我们随时随地可以和身处天涯的人联络。

只是,当迅疾的交通工具呼啸而过,当微信的语音"咻"的一声发出。人与人之间的情感,是否也因这"便捷"而变得密切不可分离?

恐怕不然。

现代人太忙了。微信留言里，能用表情符号表达的，便不会多发一个字。现代人也太警惕了。能设置朋友圈三天可见的，绝不愿意让好友看到自己更多的往事。现代人借口也太多了。交通再便捷，也总有不回家去看看亲朋的理由。因为太方便，人们相信"总有机会"，总把时间留在自认为更重要的事务中。

可是，再深厚绵长的情思，也经不起风吹雨打的消解，在一次次的抛掷中，总会冷却稀薄。让人们对远行和离别不以为意，让人们不再耐心经营细腻绵长的情愫。那些古典善感的心事，也在悄然流走。

式微，式微，胡不归？

忽然觉得，那些古典情怀里曲折婉转的表达，那些静默无言的时刻，并非刻意如此。而是因为"相见时难别亦难"，不轻易得到，所以连表达也会斟酌再三，不轻易说出，是因为太过珍视。

我知道，让身处现代的我们复制过往的一切，已然不可能。我们也从不否认科技的进步给社会带来的发展。然而进步，绝不应止于物质层面，在喧嚣迅疾的现代社会里，我们应提醒自己的是，让疾行的脚步，等一等自己的灵魂。

让我们给心灵留一方空隙，放慢脚步，放下手机，用心去品味那静默如谜的绵长情思。

第五辑　灯下漫笔

年轻气盛的时候，我和文学院读书的同学在一起，对舶来文学似乎有特殊偏好，从福克纳到马尔克斯，从勃兰兑斯到韦勒克，在西方文学的浸淫下，自有收获。我却无端地又有些疲倦，异域的文字终究隔了一层纱幔，在陌生化的言说里，总有归家的冲动。我常在校园的图书馆里翻阅林清玄等人的作品，私下更偏爱这种有古典韵味的母语文字，它们如江南竹林氤氲的薄雾，由来无端，游荡不知归处。

怀念林清玄先生

我曾经远远见过林清玄先生。

在南师大读研时，他曾到仙林校区做过讲座。那个年纪的我，发现有机会见到活着的还这么有名的作家，是很兴奋的。所以我早早地坐在学校报告厅等他，在偌大的、空旷的报告厅等着。良久，终于在簇拥的人群中看到林先生，然而第一次看到真人，我很惊讶。在我的想象里，能写出那样性灵清雅文字的林先生，一定也有着清新俊逸的外表。后来看到真人，就觉得，嗯，长得很有特点：两边中分的稀疏长发，中间秃顶光可鉴人，挺有艺术家气质，但和清新俊逸实在有差距。现在想来也觉羞愧，年少不更事的我，这乍一见竟觉有些意外失望。可有些人就有这种魅力，当他开始演讲，你就被他飞扬的精气神所吸引，忘记皮相，情绪只随他的故事起伏。他回忆起自己穷苦为食物争夺的童年，羡慕同龄人能喝汽水喝到"打嗝"的情景；他也笑谈当年身为乡村少年不为父亲理解的作家梦想，他默默努力，终于在毫无背景支持的情形下，17岁就成为畅销书作家，一路沉浮，对文字的领悟日益精进……那天礼堂里人满为患，笑声不断，林先生应是见惯了这种大场面，侃侃而谈如行云流水，看起来温和戏谑的话语中，却藏着他坚韧睿智的品格。

后来我想，林清玄的文字之所以动人，大概就在于他从小就遍尝底层艰辛，而敏感多情的心，纵使在成名后，都比别人更懂得珍惜微小的福祉，更懂得捡拾眼前的点滴获得，"小千世界"里，自有磅礴气象。

那一年是 2009 年，一晃 10 年过去了。

这 10 年，我从 23 岁长到 33 岁，从读书到教书，岁月几经变化，仍然做着不醒的文学梦。然而早先的几年，我并不大读林清玄。年轻气盛的时候，我和文学院读书的同学在一起，对舶来文学似乎有特殊偏好，从福克纳到马尔克斯，从勃兰兑斯到韦勒克，在西方文学的浸淫下，自有收获。我却无端地又有些疲倦,异域的文字终究隔了一层纱幔,在陌生化的言说里,总有归家的冲动。我常在校园的图书馆里翻阅林清玄等人的作品,私下更偏爱这种有古典韵味的母语文字,它们如江南竹林氤氲的薄雾,由来无端,游荡不知归处。

而后成为语文教书匠,教书8年,常劝学生读书,我发现每一届的学生里都有爱林清玄的,特别是那些"文艺"的女生,常用娟秀的字迹在自己的笔记本里抄下林先生的文字。譬如有一个叫"颖悦"的女孩,最喜欢林先生的"温一壶月光下酒",她戴大大的黑框眼镜,牙齿被箍上密密的金属牙套,可笑起来丝毫不觉违和,反更添朴拙的灿烂。还有一个女孩叫"思盈",梳着不算长的波波头,眉目细长,上课回答问题时声音清朗脆亮,她在读书笔记里写:"愿每个人都拥有属于自己的'小千世界'"。这出自林清玄的《小千世界》。我想心性向美的人都会爱读林清玄,也会因林先生的文字慢慢铸就丰盈自足的自我品格,感谢他。

学生的笔记,也引着我再读林清玄,他的文字大多精悍短小,随手拈起集子里的一篇,就可从容读下去。不必回瞻前情,远眺未来,读一寸是一寸的领悟。尤令人感佩的,是他于写作上的勤奋。他从小学的每日500字,到成人后的每日3000字。他说:"要实现梦想,成为作家,就要比别人读更多的书,更努力地写作,更努力地看世界。"他明明白白地告诉我们,所谓"老天赏饭吃"的天赋,若没有努力的加持,终究也会消散在时间的无涯荒野。写作给他带来的,也不只是世俗意义上的成功,他告诉我们:"写作能清晰地描绘出自己的心路历程","读书、读人、读心、读世界,使你养成非常大的胸怀……"他的文字里确实有一种超拔于世俗功利的清净禅意,他特别喜欢苏东坡的词句"人间有味是清欢",提醒我们在喧嚣的世界里,要守住内心的澄净、平静、简朴的生活,自有清淡的欢愉。

感谢他,何止给埋首题海的学生一个诗意栖居地,也是对我们这些妄图对汉语分解切割的教书匠的一点提醒。因为语文老师想守住一点文学梦,其实是最不容易的。日复一日的应试劳作,容易令人成为切割文字的帮凶,遂至冷漠麻木，忘却美为何物。所幸有林先生温煦的文字在，给我们以警醒与清明。

所以，前日蓦然看到林先生逝世的消息，我震惊怅惘不已。总觉得这位时刻以文字与自己倾心交谈的长者永远都会在，何况他还这样年轻。

金庸走了，林清玄也走了，属于我们的一个时代也就这样随风而逝。

可堪慰藉的是，文字截留了呼啸而来的时间、命运，有了笔端的记录，他们的思想得以永恒。这些文字，我们还会一读再读。我想，这是最好的缅怀方式。

与往事握手言和

——读汪曾祺《职业》前后稿有感

很多作家都有"悔其少作"的习惯。木心说起自己早年被销毁的作品，竟是庆幸："我前面的全是夹生饭，幸亏没有发表。"我起初看汪曾祺四次修改他的小说《职业》，以为他也是缘于"悔其少作"。再读，我却推翻前见，读出了一种情随事迁的人生况味，一种与往事握手言和的豁达情怀。

汪先生说《职业》的初稿已经遗失，也就意味着现存三稿。不过我能找到的《职业》是 1945 年和 1982 年两个版本，在比较阅读中，已能窥见汪先生年轻时和晚年创作思想风貌的流变。

1945 年的汪曾祺只有 25 岁，种种因素，没能拿到大学文凭，在云南做小学教员，心怀青云志，却未得真正施展，更兼时局风云变幻，人生几多悲辛。路在何方？青年教师汪曾祺拔剑四顾心茫然，愤懑不已。到 1946 年情况仍不乐观，去上海求职，四处碰壁，日子简直过不下去，他竟想到自杀。汪曾祺也想过自杀？我第一次得知时很惊讶，因为在我的记忆里他永远是那个宠辱不惊的老头子，原来他也有这样激愤的时刻。

所以那个时期创作的《职业》初稿里，可以看到青年汪曾祺心中的"不平"。他写昆明文林街充斥着"广大的觉寂的市声"，写一个卖椒盐饼子西洋糕的小男孩，渐渐涂抹了人生的经验，没有孩童时的怯懦了，变得世故油滑，乃至"刁恶"、欺负弱小了，那孩子的叫卖声也从"稚嫩游转"，到夹杂了"嘲讽，委曲，疲倦，或者还有寂寞"，我想此时 25 岁的汪曾祺注目于这个男孩的"长大"，除了对他失了童真的同情，未尝没有夹杂作家自己的委屈、疲倦、寂寞。这一生就这样困守在这一方古城了吗？这年轻的时光才刚刚开始，却仿佛已经看到尽头。而这哀凄的时代又何时是个终了？种种抑郁，都在笔下曲折地展露出来。对了，他在联大读书发表的第一篇小说，就叫《悒郁》。

所以不只是《职业》初稿，这一时期的《徙》《小学校的钟声》《复仇者》等，都有排解不开的悲愁与不甘，甚至他在以自己的初中老师高北溟为原型写的《徙》里，为了渲染悲剧气氛，把仍在初中好好教书的高先生，生生写成了受人排挤、丢了工作的落魄结局（我们当然知道小说和现实不能等同，想必这位高先生也不会介怀）。文中能见人心，此时汪曾祺在笔下诉说的一个个"他者"，其实都是困顿惶惑的"自己"。

然而到 1982 年，情形就有了不同，时代的冰河正在解冻。而在之前的 1981 年和 1982 年，汪曾祺已先后发表田园牧歌式的《受戒》《大淖记事》，虽然与众不同的"汪氏"审美格调在当时仍受争议，但更多声音里饱含惊奇与赞赏。历经 40 年的沉浮，汪先生终于获得了应有的尊重与推崇。

所以在他回望过往时，那些困顿不堪的岁月也镀上了一层金边。他当然也并非粉饰太平，他仍在创作谈里确定地说"人世多苦辛"。只是他也真心地感谢命运与时代给予的馈赠，往事里的悲辛是很重的，可是他举重若轻地写了出来，让他的读者可以带着希望去生活。

我们再读 1982 年的《职业》时，就会发现汪先生不再用"疲倦"又"刁恶"的字眼来写那个男孩了，转而描画出一个"非常尽职，毫不贪玩"的"小大人"，作家仍为这个"小大人"在"职业"里的不自由而遗憾，但是他顶赞赏小男孩在这人世普遍的不自由中，仍偷藏的一点"谐趣"。这点"谐趣"，即男孩在巷口喊出的那句"捏着鼻子吹洋号"，这本是同龄的小孩为打趣他的叫卖声而创造的谐音，然而当他跳出"职业"，其实他和他们一样愿意加入到"打趣"的行列里。多么有趣又心酸的细节！但修改稿中，"谐趣"到底大于"心酸"。因为初稿里的男孩，只"轻轻地来了一句"："捏着鼻——子吹洋号……"而新作中的他，却是"忽然大声地、清清楚楚地吆喝"了一声，听得读者的心也不禁敞亮了一些。

那个卖椒盐饼子西洋糕的男孩原型后来怎样了？最大的可能是继续世故刁恶下去，他可能一辈子都不知道有一个叫汪曾祺的作家用心注目过他。然而隔着 40 年的时光，汪先生仍然牵挂着他，也许不只是牵挂"这一个"，汪先生超拔于"多苦辛"的现实的写，是希望在同情"这一个"之外，用文字传递给更多人以生活的光亮。

后来的汪先生回望40年前的那个委屈的、寂寞的男孩，也许同时在回首40年前那个抑郁不得志的自己，他也并非是"懊悔"前作，他只是再次用笔去和40年前的人对话。他当然仍是明了人生几多苦辛，只是换了应对这人世苦辛的态度。纵使汪先生用了40年才真正走出艰难，但他把自己过往的"苦辛"都放在心里了，因为他知道，更多的人仍在"职业"的束缚里摸爬滚打，他想为这些人写一点儿能留下来的文字。他觉着，"文学，应该使人获得生活的信心"。

汪先生曾在生前编的最后一个自选集里写过一则题记，他说：

活着多好，我写这些文章的目的就是使人觉得活着多好。

字字读来，真令人落泪。

清凉的阅读

伏天日长，知了伴着蒸腾的暑气，不知疲倦地吵叫着。这样的天气，最容易心浮气躁。然而一旦钻入空调房，人工调制的冷感，隔绝了外界的真实温度，塑造了人人心知肚明的假象，却不会真正令人生出欢喜的清凉感。

何以解暑？唯有阅读。

因为阅读是能进入心灵的介质，不受外界温度的影响。俗语说"心静自然凉"，我是相信的，也是亲身受益者。清凉的阅读，可以荡涤心灵中蒙上的焦躁气，丝丝凉意入心田，获得真正的澄明。

清凉的阅读是缓慢的。你若手拿一本侦探悬疑、凶杀情色，被情节左右得欲罢不能，只急着往前推进，那么心气只会在暑热里更加躁动。焦躁了，想在酷热盛夏里寻得一点儿清凉的初衷，就变味了。

而缓慢流动的阅读，在眼中，在心间。因而那种清凉，便多了细水长流、不动声色的意思。在温柔隽永的文字里，人的心灵更容易安定，于是摒除湿热空气带来的倦怠，消散闷热伏天造成的慵懒，这阅读也没有什么功利性的去处，只仿佛徜徉在庄子笔下的"无何有之乡"，寻得"此心安处是吾乡"的笃定。

那阅读怎样的书籍，才能获得如此清凉的境界呢？

当然，人人志趣各异，只谈我的一家之言。

清凉的阅读，宜读《红楼梦》。

鲁迅说，《红楼梦》是悲凉之雾，遍披华林。人在志得意满，抑或心浮气躁时，读一读这部大书，会对繁华锦绣处，生出一种警醒与清明。

所以每年夏天，我都会读《红楼梦》。

酷暑的气候，不如到黛玉的潇湘馆小憩，这里真是避暑的好去处。"苍苔点点，白露泠泠"，外界如何酷热喧嚣，这里浑然不觉。所以宝玉由衷赞叹这里"幽窗棋罢指犹凉",小轩幽窗,下棋品茗,仿佛隔绝了一切世俗污浊,连带着繁华艳丽也不要,只做个高士闲人,了此一生。纵然这只是"世外仙姝寂寞林"的一厢情愿,纵然"每日家情思睡昏昏"的慵懒时光终将逝去,但留存在记忆里的绵长情思,却已入骨难消。

而潇湘馆外,这个大观园里的每一个人,都在这里演绎着属于自己的悲欢离合。

同是一个盛夏,我看到绿荫下,潮湿闷热的暑气里,打瞌睡的母亲王夫人旁,是十四五岁的少年宝玉和丫鬟金钏,慵懒暧昧地在调情,却暗伏不可逆转的悲剧走向。同是一个盛夏,我看到龄官绝望又执着地在画着"蔷"字。暴雨忽至,潮湿的草木腥味蒸腾而起,消散了酷热的暑气,却祛除不了龄官千回百转的痴病。

蒋勋先生说:"《红楼梦》里没有大事发生。"是啊,没有波澜壮阔的风云惊变,只写绵长动人的琐细日常。然而这正是它的动人处,一寸光阴里就掩藏着一寸的欢喜、一寸的悲哀,在阅读里,浮躁的心渐渐安定,找到了妥帖的安顿之所。

清凉的阅读,也宜读林清玄。

林先生的文字,自不似曹翁的《红楼梦》那般壮阔又幽深,但精短文字里,自有一种非凡气象。

你看人家这名字就起得妙。我们纵不去考证来处,也能感觉一种清欢,一种玄妙,如淙淙流水沁入心田,流荡不知归处。

林清玄的文字,大多精悍短小,忙碌的间隙,随手拈起集子里的一篇,就可从容读下去。不必回瞻前情,远眺未来,读一寸是一寸的领悟。他从盛夏"太阳雨"的凌厉,讲到盆栽"常春藤"的坚韧;从渡边淳一弃医从文,谈到二月河写作冰川融化。他写道:"文学是一种清净的欢喜。"在夏日纷繁的蝉噪里看到这个句子,就由衷地生出喜悦,仿佛说中了自己对文学不能言说的心事。

我本是在阅读作家心中的随想,却从他的文字里,窥见自己隐秘不觉的心事。到发觉了，又不甘于"自己"隐没在别人的文字里。这时候，林清玄似乎在鼓励我，从别人的读者，变成自己的作者。他说自己"从不写隔夜的文章"，俯拾的随想，即刻记录。他回忆有人问他，"写作应该从什么时候开始？"回答掷地有声："从现在开始！"他鼓励道："不管今年是几月，不管现在是几岁，就在冰河融化的那一刻开始，写作就是如此，没有什么秘密。把稿纸打开，写下第一个句子；或打开电脑，输入第一个字。结冻的冰就会开始融化……"而每一次起笔，都是将稍纵即逝的时光，沉淀为永恒的可能。这酷热的盛夏或许消逝在每一个人的回忆里，却在你写下的文字里成为永恒。

其实想想，谁的一生里，不是在经历一个又一个酷暑？有人在激扬斗志开启远征，蓬勃的青春又让你豪情万丈；也有人在这困局里辗转反侧筹谋难出，炎热的空气又让你意志消沉……夏日，真是一个矛盾体。而此时，清凉的阅读，会照见你的消沉倦怠，会提醒你不必盲目冒进，让你安然度过一个又一个生命中的夏天。

所以，能在阅读中嗅见文字清凉的气味，再推演到笔下清凉的写作，都是冰川融化后，沁入心脾的那一点隽永的灵光。

波德莱尔与热馄饨
——读木心作品有感

陈丹青在翻阅木心的诗集时，总不免注意到自己的老师青年时代写下的这样一行诗："小镇24岁的中学教师，一辈子，也许只能这样了。闲暇的乐趣，是在街上吃上一碗热气腾腾的馄饨。有时生活真不如一行波德莱尔，有时，波德莱尔真不如一碗馄饨。"

波德莱尔是法国著名的象征主义诗人，他的诗集《恶之花》充溢着叛逆、孤独、忧郁，也是先锋艺术的代名词，他是青年诗人木心遥不可及却又贪婪向往的理想。而一碗热馄饨呢？又是人和生活的世界深深缔结的温暖，是俗世里踏实妥帖的幸福。

青年木心在诗中展现的，大概可称为艺术理想与俗世生活之间不可规避的矛盾了。艺术家往往怀着超拔于世俗的远大理想，这样的理想甚至广大得在尘世中找不到安放之地，然而艺术家的精神高蹈地已然丰盈自足，自成天地。如木心推崇福楼拜的一句话"艺术广大已极，足以占据一个人"，徜徉在艺术浩瀚广博的天地间，谁能不沉醉其中？

然而尘虑难免萦心。俗世生活、柴米油盐，终究是我们赖以维系自身的根基，那一碗热气腾腾的馄饨，是足以慰藉一个在冷夜里孤寂彷徨的心的，有时，它甚至比那遥不可及的、令人又爱又恨的艺术，来得更亲近、更可靠。可另一方面，当一位艺术家沉溺于尘世的欢愉，就极有可能堕入金庸笔下令狐冲的结局：有温柔善睐的任盈盈相伴，却也被捆绑住了自由不羁的心。

于是很多人就在这组亘古的矛盾中迷失了，大部分人，最终选择向俗世生活妥协。决绝如木心，亦曾辞掉优越的教职工作，独自上莫干山修行、作画、写文。"现在生活虽好，但这是常人的生活，温暖、安定、丰富，于我的艺术有害，我不要，我要凄清、孤独、单调的生活。艺术是要有所牺牲的。"

然而青年意气的孤绝，终究不能长久，家庭与生计，仍旧牵引他从星空回到了土地。

睿智如木心，后来又经历人生漫长的徘徊与求索，终于找到了一个巧妙的平衡。他没有辜负理想国中的自己，画画、写诗、谱曲，成就他自己的艺术天堂。他也没有辜负年轻时曾读过的波德莱尔，且将波德莱尔的"恶之花"化作木心式的"诗之花"。在无何有之乡徘徊时，他也没有为此亏待俗世生活中的自己，而是将自己的俗世生活，添上了尊贵的艺术感。他的俗世生活里，也不只是一碗热气腾腾的馄饨了，他把鸡蛋做出 12 种吃法，他自己购买布料、裁制大衣，让人们惊叹：原来俗世生活，也可以过得如此妥帖、得体；原来，生活也可以变成艺术。又也许，他已明了"大隐隐于市"，明了"心远地自偏"，心中自有明镜台，于是生命本身就成了艺术。

至此，他的俗世生活与艺术理想水乳交融，他一边手捧波德莱尔诗集，一边可以安心享用那碗热气腾腾的热馄饨了。

一本好书不应被辜负
——读《三国演义》有感

一本好书不应被辜负。一本好书的铸就，不是那么容易的。

譬如你以手触及的这片纸张，它们或许来自千里之外的浩瀚森林，历经颠沛流离，终于以另外一种样子，呈现在你的面前。你不应辜负这份相遇。

你更不应辜负写作者悉心为文的付出。

譬如这本毛评版《三国演义》。作者罗贯中，一世功名无成，却将胸中丘壑熔铸伟辞，成就这一部光耀千秋的皇皇巨著。他和太史公一样，因为有超越时代的宏大见识，反而不能被身边人理解。没关系，不是还有一只如椽巨笔吗！他在笔下，挥洒着不平块垒、一腔豪气，如太史公一般，"述往事，思来者"，追述历史旧事，是希望后来者能懂得。

而你，是那个懂他的"来者"吗？

这本《三国演义》，之所以称得上是好书，还在于它丰赡的内涵。

它给我们展现了刘备那颗不老的心。

少年时读此书，读的是热闹。觉得这演义，容纳了一个时代的传奇：杀伐决断、刀光剑影、兄弟豪情、儿女情长……有那意气风发的少年郎将，亦有那丰姿绰约的绝世美人……所有吸引人的故事元素都在其中了。

而今再读，又从那热闹里，读到了失败英雄的悲壮。

说它悲，实在不为过。你看历朝历代，有几部作品会把主角写得如此落魄？刘玄德，不似曹操那样，据汉之疆土而睥睨群雄；也不似孙权承父兄基业，偏安江东富庶地而无忧。刘玄德大半辈子都没有一个稳固的根据地，这位仁兄大半生都在逃亡，好不容易取得的功业，往往被吕布、曹操、孙权等人夺走，及至兄弟死别、命殒白帝城，不可谓不悲。

然而，如若悲而不壮，成就不了这部皇皇演义。它的"壮"，就体现在那颗永不妥协、永不服输的心。当看着年届五十，仍旧寄人篱下的刘玄德，为自己的"髀肉复生"而痛心落泪时，我忽然对这个之前总觉得面目模糊的主角，有了新的触动：他有一颗不老的心啊！当时下的人们慨叹中年人的"油腻"时，慨叹人届中年生命已成定局，或者说是无数的人在此刻已安于定局时，我却在《三国演义》里，读到了那屡败屡战、永不服输的刘玄德。他羞愧于自己的肌肉松弛，不禁流泪感叹："日月若驰，老将至矣，而功业不建，是以悲耳。"而这对功业不建的痛心，或许就是刘玄德再度崛起的契机：跃马过檀溪、三顾茅庐、火烧赤壁，三分天下的局势由此初显。纵使最终走入"是非成败已成空"的结局，我们终究不会忘记此刻的荣耀。

中国历史上从不乏对成功英雄的赞歌，那凯旋的高歌固然气势恢弘。然而从司马迁极力摩写兵困垓下的楚霸王项羽，到罗贯中笔下那屡败屡战的刘玄德，我们在文学史学一脉中，看到了失败英雄的光芒。他们不是完人。可他们为自己的梦想矢志前进，败而不馁、永不妥协的心，着实让我们动容。其实想想，这些失意英雄的摩写者，从司马迁到罗贯中，这些在清寒书斋里想象浩瀚沙场的失意文人，又何尝不是用一枝如椽巨笔来摩写自己那不老的心、不死的梦呢？

一本好书，你确实是用金钱购得的。但你既已成为这书的主人，就应以郑重的、诚挚的心意待之。这样，才不枉作者真心实意地写下那一字一句，让"后之览者，亦将有感于斯怀"。一代代人，正是透过这熠熠闪光的文字，去触摸、感知大师们伟大的灵魂。在历史的长河里，肉体已逝，而文字却能够使精神成为永恒！

理性跟随，成为自己
　　——读莫言小说《红高粱》有感

　　青年莫言在写作遇到瓶颈时，读到福克纳，当他看到福克纳在写农夫和老牛闲谈，不禁惊叹："原来小说可以这样写！"受福克纳营建的"约克纳帕塔法世系"小说的启发，莫言开始着手创建自己的"红高粱家族"系列小说。

　　文坛初出茅庐之新人，常有如在黑暗山洞里蜗行摸索之感，迷失方向在所难免。而坎坷与撞击，往往会使作者头破血流、停滞不前，乃至失去从事写作的信心。但如若黑暗中能有火把，那么失落之人变会在彷徨中找到方向，鼓起信心，奋力前行。福克纳之于莫言，就是这样的火把。

　　莫言从不讳言自己早年对福克纳的跟随。福克纳的作品，让莫言摆脱早年苦苦写着自己并不熟悉的海岛生活的窠臼，转而发掘自己深有体会的"乡土文学"素材。于是，《透明的红萝卜》《白狗秋千架》等小说相继问世，他那独特的叙事笔法、浓郁的乡土气息受到文坛的广泛好评。莫言幸运地得以跟随大师福克纳，少了许多磕磕绊绊，走上了文学的康庄大道。

　　然而一位有追求、有远见的作家，绝不会满足于亦步亦趋。因为正如世上不可能存在两片相同的叶子，人的性情、禀赋、经历多有不同，不加选择地跟随，不仅不可能继承前辈的圭臬，反而会在这种"亦步亦趋"中戕害自己的个性，形成不了自己独有的文学风格。

　　因而哈罗德·布卢姆会在《影响的焦虑》一书中写道："真正的诗人，后来不再读'某某人'的诗，而是忙于创作自己的诗。"何止诗歌，文学创作皆如是。所以莫言在读福克纳的《喧哗与骚动》时，尽管惊叹，但仍及时放下，去潜心创作自己的"红高粱家族"系列小说。莫言的笔下，尽管仍能看到时空穿越式的叙事技法，有跟随福克纳的影子。然而黑土地上农民勇敢而有热情的品质，彰显独而不群的中国特色。跟随大师，是为了汲取前人精华，绝非复制，而是为了成为更好的自己，莫言做到了。

又何止文坛，行行业业都须谨记"理性跟随"，方能成就新的大师。画家李可染师从齐白石十年，始终牢记老师的告诫："学我者生，似我者死。"李可染师承的是齐白石绘画的布局与笔法，融入自我感悟，终于成就属于他自己的"李家山水"。而当时亦有其他跟随齐白石学画之人，却只是重复着齐老擅长的题材，跟着齐白石一起画虾、画螃蟹，但这只能是"邯郸学步"，终成无名小卒罢了。

再看当今社会，年轻的文艺工作者，须提醒自己"理性跟随"，否则终将迷失自我，乃至丧失底线。可叹的是，我们往往看到影视界文学界抄袭成风，这种丧失底线的"跟随"，必须杜绝。所幸大众和法律的眼睛是雪亮的。郭敬明的《梦里花落知多少》对青年作家庄羽作品的抄袭，使得郭敬明被法院宣告败诉。于正的《宫锁心玉》也因拙劣地"跟随"琼瑶之作而遭控诉。大众希望看到的，是对他人写作成果尊重前提下的"跟随"，失此底线，就失去了被尊重的可能。

我不禁想起，莫言登上诺贝尔文学奖领奖台时，他笔下的"红高粱家族"系列小说被赞誉为"体现了中国的民间故事和历史"。所幸莫言能跟随福克纳，重新发现"乡土"的意义；更所幸莫言能走出福克纳，去创造属于自己的中国故事。

在理性与诗情间徜徉

——读张兴龙《扬州文化资源研究》

"腰缠十万贯，骑鹤下扬州"，"天下三分明月夜，二分无赖是扬州"，"淮左名都，竹西佳处"……大运河的畅通造就了古扬州的繁盛，历史长河里文人骚客总爱用诗词孜孜不倦地吟咏对扬州的深情。鲜衣怒马，美食华灯，扬州也成为现代人心中向往的富贵温柔乡。

当人们常以浪漫主义情怀赏看扬州时，学者张兴龙却以《扬州文化资源研究》一书，从理性角度研究扬州。面对内容丰富的扬州文化资源，作者对之进行系统梳理和编码，将扬州饮食文化资源、园林文化资源、戏曲文化资源、文学艺术文化资源等条分缕析地呈现在读者面前。作者以严谨的学术态度，对每一种文化资源的特征、成因和影响等，进行抽丝剥茧地剖析。这样翔实精准的爬梳，背后承载着作者十余年来对扬州实地考察和资料勘对的艰辛工作，也蕴蓄着作者独到深刻的学术眼光。

譬如作者在研究中，首先追溯扬州饮食文化的悠久历史，从西汉吴王刘濞《淮南王食经》、枚乘《七发》等文献就可见"精细"特质，发展到隋唐乃至明清，经济的发展也带来富商对饮食奢华风的推崇。紧接着，作者敏锐指出，扬州广大的普通民众"也能用普通的食材创造出精美的风味，由此形成了扬州饮食文化（日常生活审美化）的特点"。这体现出作者对扬州文化资源的创造主体——人民群众的高度重视。他肯定道："具备生活艺术化的能力，才有可能造就出日常生活的审美化。"探究其背后的文化基因，作者认为："扬州百姓对日常饮食的偏爱，显示了他们在深层结构上具有江南文化特有的自由审美精神。"

作者同时以比较文化学者的视野，将之与北方都市饮食文化进行比较，剖析江南自由审美与北方政治伦理的区别。从饮食文化这一小切口入手，解码背后的审美文化特质,这一研究策略,体现出作者举重若轻的学术功力。

以理性之笔对待学术研究,却并不妨碍以诗意之笔展现学术成果。本书的标题首先让人眼前一亮:《运河迢迢洗铅华,画舫悠悠录文渊——扬州文化资源研究》,正副标题,在诗情和理性间徜徉;接着翻开目录,从第一章:维扬文脉,丝丝缕缕润芳华——扬州文化资源类型及其阐释,到第十章:文化资源,记忆深处觅名城——扬州文化资源的保护和开发,每一章的正副标题皆搭配得宜,语言精雅、对仗整饬,给读者以审美的浸润。

感谢这部《扬州文化资源研究》,诗情与理性交融,既能让我们在行云流水的文韵中,品味扬州文化资源之美;又能让我们跳出对细腻、温情的扬州旧时光的追恋,以理性之思审视扬州内蕴的文化基因,观照现代扬州对待文化资源的保护和开发应有的态度。其实何止扬州,每一座从历史中走来的城市,都需要这般在理性与诗情间徜徉的姿态。

方寸行止，正大天地
——读陈彦《主角》有感

第十届茅盾文学奖一出，猜测和悬念落地，看到自己读过的《主角》名列榜单，虽意外也合理，因为作家用这部 80 万字的小说，讲述了一个人物、一方文化，折射的是世情人生、时代变迁，故事好看，体量也颇大，所谓"方寸行止，正大天地"。

《主角》并不是以叙事技巧见长的小说，当众多作者都因笃定"日光之下，并无新事"，转而用众多眼花缭乱的编织法打散、糅合心里早已拟订好的故事，使得叙事显得与众不同，这时候故事本身，其实已经隐没于作者眼花缭乱的技法中。陈彦却继承了陕西前辈作家如路遥、陈忠实、贾平凹的朴实、厚重笔法，扎扎实实地以近 80 万字，讲好关于一位"秦腔皇后"的故事。

陈彦是剧作家，与戏台有得天独厚的接触机缘，也因此拥有了与众不同的观察"角儿"们的视角。众人为前台光鲜亮丽的角儿欢呼喝彩时，作家陈彦却对舞台背后演员们的汗水与泪水，给予充分的理解和同情。甚至，将"人生如戏，戏如人生"的哲理寓于鲜活的人物中。我们看戏台上的"角儿"扮演他人的故事，而人生中我们未尝没有自己的角色，有人像楚嘉禾因想成为主角而不得不陷入嫉妒愤恨的旋涡不能自拔，有人像刘红兵在追逐主角时迷失自我积重难返，也有如秦八娃对艺术的守护一腔赤诚耿耿正气，而如忆秦娥般，在天赋和努力中登上主角之位者，虽少之又少，却是我们仰望的美好。

主角忆秦娥的一生，既励志，又辛酸。励志在于，从山洼洼里吃不起饭的放牛娃，成长为名震中外的"秦腔皇后"。一路走来，幸得高人相助，但更在于日日废寝忘食的勤苦训练。辛酸的是，当上戏台主角，并不意味着从此过上童话里的幸福生活。更重的担子等她来扛，更深的嫉妒等她来受，聚焦在所有视线里，片刻休息也成了奢侈，回归正常人的生活也遥遥无期。然而主角的光环终究有谢幕的一天，红叶凋零，新芽冒出时，忆秦娥得失之间，实难判定。

我们当然爱忆秦娥这样的演员，爱戏如痴，人戏不分。然而生命的悖论在于，入戏太深，人戏不分，于艺术世界是成全，于现实世界却往往是辜负。成全的是戏台和观众，辜负的是自己和家人。恰似李碧华《霸王别姬》里的程蝶衣，毕飞宇《青衣》里的筱燕秋，叶广芩《采桑子》里的大格格。"不疯魔不成活"，现实中，未必没有"不疯魔不成活"的典型，如陈晓旭，如张国荣。他们的艺术作品成为不朽经典，让人追怀，让人唏嘘。也让人不禁为如今商业大潮带来的艺术纯粹性的式微而叹惋。

我想《主角》意图追怀的，就是这样一种行将逝去的精神吧？

《主角》能获奖，当然也避不开两个关键词形成的助推力：一是陕西，二是秦腔。前者因地域，后者因题材。

题材很重要。反映波诡云谲的时代变迁，仍须从一个小切口入手。今年茅盾文学奖的其他几部亦如此，有逆流北上的大运河，有挺进大别山的1947年，有大学校园里的知识分子……选择一个有价值的题材很重要，既要有密切的熟悉度，也要有跳出来的视野。而陈彦是剧作家出身，与戏剧和戏中人的接触，为他的选材提供了源源不断的养分，也让他在剧本创作和小说创作之间自如转换，他曾提起自己写另一部小说《装台》后，评论家李敬泽对他的建议："从《装台》看，你对舞台生活的熟悉程度，是别人没法比的。这是一座富矿，你应该再好好挖一挖。写个角儿吧，一定很有意思。"

如今，陈彦不辜负前辈的谆谆嘱咐，贡献出这部以"角儿"为题材的小说，在方寸舞台间，折射浩浩天地正气，不负众望，成为继贾平凹之后第五位获得茅盾文学奖的陕西作家。

可以歌唱的记忆

"旬日里来去，日子都是可以歌唱的旧事。"林徽因如是说。

无论心灵在泥沙俱下的世界里被打磨得多么粗糙，读到这样的句子，都会让人沉淀出温柔的情绪。

我当然知道旬日里来去的岁月，不只有繁华盛景霓裳羽衣曲，也有荒腔走板一地鸡毛的哀音。只是人的记忆是可以过滤的，时间就像巨大的筛子，把岁月里的渣滓一一翻拣出来，沉淀下的就是经时间淬炼最璀璨夺目的黄金，可供一生补给的财富。

说起来，纵使是成为后代传说的林徽因，在她所处的生命当时，亦曾经历过种种至暗时刻。无论是大家族中身为庶出的悲辛，还是正值年少父亲就骤然离去的怆痛，抑或大时代战火离乱的仓皇，这些切身的体会都不可能被时间一一抹去。但如若人能以正向的眼光接纳生命中的过往，让这些记忆推动自己走向更坚强无惧的未来，那么，记忆就可以由昨夜的寒霜，幻化为今朝花瓣上的露水，给生命点缀晶莹的色彩。

胡适说："昨日种种，皆成今我。"是啊！直面昨日的成长，固然会有阵痛，但勇于接纳者，定能在阵痛中蜕变成最好的自己。

其实只要你愿意，那些曾让你痛苦的记忆，也是可以成为一首歌的。你看，饶平如先生在晚年丧妻的孤苦中，用诗意的笔，画出、写下岁月的美好，才能有那打动人心的作品《平如美棠》；梵高在潦倒贫困的生活中，却用画作传递对生活的热恋，才能有绚烂如烈火的《向日葵》；贝多芬深陷双耳失聪的困境，却不甘被命运扼住咽喉，以激昂之音谱就《第五交响曲：命运》。你看，那些时刻，本是让人不堪回首的苦痛岁月，智者却懂得善待记忆，给至暗时刻的黑云，镀上最华彩的金边，让自己、让他人，都能在回首岁月长廊时，获得新生的力量。

所以说到底，记忆会给我们怎样的影响，终究要看我们接纳它的态度。

我因而也希望时下的一些年轻人，也能从智者的态度中获得启示，不必刻意回避乃至掩盖所谓的"黑历史"，以为遮蔽曾经的痛苦，那些过去就真的不存在了。心理学对"选择性失忆"有如斯阐释：这是一种保护自己的生理机能措施，选择忘记一些曾经伤害过自己或者逃避的事情。可说到底，这只能是人可以暂时保护自己的应激措施，从长久来看，如果你都不能正视反思你的过去，当你的背后空无一物，又如何踏踏实实立足当下、走向未来？纵使那段记忆中存在心结，也唯有解开它，才能让它成为你日后的精神财富，让生命轻装上阵。

所以，我想对你说，无论生命中的过往是否悲辛，愿你在这人间四月天里，给记忆以温柔回望，让它成为一段可以咏叹的旧事。

此身，此时，此地
——读加缪《鼠疫》

朱光潜先生一生恪守的座右铭颇令人动容："此身，此时，此地。"即此身应该做而且能够做的事，就得由此身担当起，不推诿给旁人；此时应该做而且能够做的事，就得在此时做，不拖延到未来；此地应该做而且能够做的事，就得在此地做，不推诿到想象中的更好境地再去做。

我读加缪的小说《鼠疫》，常常想起这段话。

存在主义哲学家加缪，常以小说的形式探讨他对生命的关怀，对人性的态度，读他的小说，常让人从故事里透视对现实的沉思。但比起《局外人》中默尔索"我用冷漠，对抗世界的荒谬"之决绝，我更钦敬《鼠疫》中，主人公里厄面对失序的世界所展现的善良、博大和责任感。从这个角度看，东西方的哲人虽未必时有交集，却在思想上有了碰撞的火花。

在我看来，此身即"在其位，谋其政"的责任感、担当感。其实《鼠疫》中的里厄医生，并无心成为圣人，也拒绝将自我当时的行为升华。他只是在做自己觉得应做之事。里厄甚至向他的好友塔鲁承认：起初自己进入这个行业，也不过觉得"是个职位，是年轻人愿意谋求的职位之一"，"也许还因为行医对我这样的工人的儿子来说特别困难"。可是，一次次目睹一个个无可奈何的死亡后，里厄心中在职业之上的道德律被激发，最先发现灾难的他，没有选择后退，而是迎难而上，逆行在抗疫第一线。我其实常常在想，在鼠疫爆发之初，正值里厄的妻子因病要去外地疗养，如果里厄能够预知，他的妻子这一去，将是生死永别，他是否会做不一样的选择？人生当然没有如果。但我相信，里厄坚守的是"此身"去担当的信念，依凭这一信念，他愿意拼尽全力去治疗每一个患者。里厄医生目睹死去的病人，无法在心里筑起硬墙，真实的痛苦无法旁观，亦不必升华。里厄并不想做英雄，他只是愿意去做一个有正义感、同情心的"真正的人"。

坚守此身担当的里厄医生,也聚集起一个个同行者。塔鲁、老卡斯特尔、格朗、朗贝尔,组成抗击疫情的志愿者,奔走在大街小巷,和瘟神抢夺每一个生命,纵使这场持久的战斗充满着苦涩、沉痛、悲愤、不甘,但这些绝非推诿退缩的理由,每一个个体的责无旁贷,才会为身处黑暗中的小城聚光。

我所见所闻的许许多多的医生,都是如此纯粹,不辜负自己的职业,尽力治病救人。在这场新冠肺炎疫情之中,他们成为最美的逆行者,他们奋战一线,谱写了许多动人的故事。这样不推诿他人的担当,已经让此身自带光芒。

而"此身"的担当,须付诸"此时"果敢的行动力,才能起到成效。

灾祸降临之时,拖延回避、拒绝承认,是一部分人的选择。然覆巢之下,安有完卵?必须有强有力的人带领大家迅速正视灾难,与灾难对抗。

里厄医生在发现患者激增的不寻常讯号后,立即敦促政府官员采取有力措施。面对反对以流行病策略来防治的里沙尔医生,里厄医生强调,重要的不是认定这是否是鼠疫流行病,而是为了防止城市里更多的市民送命,"要紧的不是推敲字眼,而是争取时间"。省长的犹疑,也被他的坚决所劝服。

瘟神的来临如此猝不及防,封城的通告终于下达。照见了众生的迷茫、怀疑、绝望,甚至丑恶。帕纳鲁神父将一切归因于上帝的惩罚,全身心信赖应把治病的任务让给上帝;科塔尔在大疫来临时,借国难发财;无数人纵情声色,借以掩藏恐惧。里厄却没有陷入这一个个情绪的狂欢中,而是迅速行动,辗转于诊断治疗一个个患者之间。

里厄尽管对历史上的瘟疫事件有所耳闻,但这一次,混乱时代的历史乍然身临。面对没有特效药的未知病毒,其实医生也身在黑暗之中。但他拒绝与黑暗一同沉沦。他清醒地意识到,除了坚守每一时每一刻的行动,别无他法。"现在最迫切的是治疗他们。我尽我所能去保护他们,如此而已。"在里厄医生和众人的努力下,瘟神的脚步渐渐放缓,直至失去踪迹,越来越多的人看到了生的希望。

"此时"不只是对灾祸来临的判断力和行动力,也是灾难接近尾声时,身处"此时"又超脱"此时"的清醒。有此时的"远虑",才会早做防范,力避灾难的再次降临。可惜的是,同处在阿赫兰小城,未必每一个人都能感受到时间赋予的记忆和教训,很多人陷入庆贺的狂欢中,不知今夕何夕。其实,他们因为沉沦于此刻,丧失了超越"此时"的清醒。

因而,作者加缪在《鼠疫》结尾,以一段话提醒所有人:

> 里厄倾听着从市里飞扬起来的欢乐喧声,确实念念不忘这种欢乐始终受到威胁。因为他了解这欢乐的人群并不知晓的事实:翻阅医书便可知道,鼠疫杆菌不会灭绝,也永远不会消亡,这种杆菌能在家具和内衣被褥中休眠几十年,在房间、地窖、箱子、手帕或废纸里耐心等待,也许会等到那么一天,鼠疫再次唤醒鼠群,将其大批派往一座幸福的城市里死去,给人带去灾难和教训。

此身,此时,此地,缺一不可,任何有意义的行动,都应建立踏踏实实身处"此地"的环境,有因地制宜的务实态度。

加缪用他的思索之笔在小说中写道:"要了解一个城市,较简便的方式是探索那里的人们如何工作、如何恋爱、如何死亡。"

作家笔下的阿赫兰,本是一座平常的城市,缺少季节的气息,鲜花的贩卖才让这个城市多了春天的氛围。但主人公之所以全身心地为小城付出,是因为"此地"的人。一个个真实可感的人,构成了这个世界的模样。"这里的居民坦率、讨人喜欢、勤快,总能赢得去那里旅行的人适当的尊重"。里厄和塔鲁等人,关心此地的每一个生命,逗猫的老人、预审法官和他的小男孩、守门人,以及一开始厌烦这里的记者朗贝尔,对他们都给予尽可能的理解和帮助。当一心想逃离阿赫兰的朗贝尔,得知里厄医生为了救治当地居民,不得不与自己的妻子关山阻隔时,他坚决离开的心顿时动摇了,他坦承:"我原来一直以为我在这个城市是外地人……但既然我看见了我所见到的一切,我才明白，无论我愿意与否，我都是这里的人了。这里的麻烦与我们大家都有关系。"

本以"外地人"自处的朗贝尔终于明白，无论何种原因滞留此地，既然已经身处其中，就应有"命运共同体"的自觉，若仍然只顾个人幸福，纵使实现了，内心的羞愧也将无所遁形。朗贝尔的挣扎是真实的，他主动申请加入里厄的志愿者队伍中，为救治"此地"的市民尽应尽的责任。

此身，此时，此地，秉承这样精神的里厄，成了小城阿赫兰的精神标杆，许多人被他的精神感染，矢志跟随他。正因为有一群人守护希望，希望才有可能到来。

《鼠疫》中里厄医生从这场灾难总结出："人的身上，值得赞赏的东西总是多于应该蔑视的东西。"铭记之，感谢那些在风雪中付出的人，我们每一个人，也都不应辜负这"值得赞赏的东西"。我们每个人，也都应有值得自己坚守的"此身、此时、此地。"

精神的还乡

——论福克纳对中国新时期寻根文学的影响

福克纳作为中国新时期寻根作家的精神导师,他在小说中流露出的浓厚的故乡情结,他对"约克纳帕塔法"世系小说的精心构建,在20世纪80年代西风东渐的风潮下,激发出以莫言为代表的寻根作家,对自己的"根"的探索和追寻。然而福克纳却绝不仅仅是一个地区性作家,他虽然立足于"邮票大小"的故乡小镇,但他的作品是建立在宽广、深厚的底蕴上的,他唱的是美国南方社会的挽歌,同时也表达了"对整个人类社会的悲哀"。福克纳这种以方寸世界折射大千世界普遍真理的写作深度,吸引着中国寻根作家的追随脚步,由此出现了莫言的"高密东北乡"系列小说、苏童的"枫杨树故事"、贾平凹的"商州"系列作品等一批以地区为据点的文学作品,这些作家也试图在自己的文学版图上,求索现代人失落的精神家园。

(一)现实的故乡

虽然丹纳在《艺术哲学》中提出的种族环境论有些绝对化,但是故乡对于作家的创作确实有着深远的影响,对福克纳而言尤其如此。评论界早就注意到福克纳与他的家乡美国南方的密切关系,福克纳的朋友和青年时代的"导师"菲尔·斯通在为他的诗作《大理石牧神》所写的序言中说:"密西西比北部的阳光、模仿鸟和湛蓝的山峦正是这个青年人的本质的一部分。"亦有研究者指出:"他(福克纳)的时代与地域造就了他,在这一点上出生于1897年的人没有人能出其右。他的南方(密西西比)出身塑造了他身上的每一根纤维。"福克纳的家乡美国南方,由于其特殊的地理位置和战败经历,而表现出与美国其他地方截然不同的文化特质。福克纳于1897年出生于美国南方密西西比州西部的尤宁县新阿拉巴马镇，后来全家迁移到奥克斯福镇，之后他便在这个小镇度过了他人生的大部分岁月。这儿处于密西西比河三角洲之东，是密西西比州北部的丘陵地带。三角洲平坦的黑土地是本州最富饶的地方，当地的主要作物是棉花。离奥克斯福镇不远，还有不少人迹罕至的山丘、陵墓、河流，这里的浣熊、狐狸、鹿、熊等动物，都难得受到人类的侵扰。福克纳从小便跟着父亲到大森林里打猎，对那里的自然环境十分熟悉。除了特殊的地理环境，美国南方的那段特殊的历史对福克纳也有着深刻的影响。福克纳从小就听父辈们讲述关于南方逝去的历史，照顾他的黑人女仆卡洛琳·巴尔大妈（这位卡洛琳·巴尔大妈后来也成为福克纳的小说《喧哗与骚动》中黑人女佣迪尔西的原型）也时常给他讲奴隶时代和美国南北战争的故事，以及内战后三K党的事迹。不管是在家中还是在法院楼前的广场上，年幼的福克纳总是痴迷地听着人们讲述旧南方的神话，追忆逝去的荣光。

可以说，现实故乡特殊的地理环境和特殊的历史，为福克纳后来的创作提供了源源不断的素材，也奠定了福克纳小说中所蕴涵的美国南方文学气质。可以说，他所有的成功作品都是以故乡为原型的"约克纳帕塔法"系列小说，而且都是他回到家乡期间创作的。福克纳身体的回归带来精神的回归，从而使他能够找到艺术感觉，较好地驾驭自己的情感。故乡作为他的精神家园，界定了他在美国文化中独特的身份，给予了他强烈的归属感。

现实的故乡也为中国作家莫言提供了作品的素材和创作灵感。1956年莫言出生于山东省高密县大栏乡平安村，一直长到20岁才离开。莫言曾在多种场合确证故乡对于自己的文学创作所产生的巨大影响。"故乡——农村留给我的印象，是我创作的源泉也是动力……故乡留给我的印象，是我小说的魂魄，故乡的土地与河流、庄稼与树木、飞禽与走兽、神话与传说、妖魔与鬼怪、恩人与仇人，都是我小说中的内容。"莫言的家乡山东处于齐鲁文化区，这里有着丰厚的地域文化传统。首先是丰富的民间故事，这在莫言的出生地高密县尤其突出，人们在日常生活中爱谈论狐魅鬼怪、奇人轶事。莫言说过："离我的家乡三百里路，就是中国最会写鬼故事的作家蒲松龄的故乡。当我成了作家以后，我开始读他的书，我发现书上的许多故事我小时候都听过。"其次是侠义精神的彰显,山东人崇尚敢做敢为的豪杰行为和"替天行道"的侠义精神,极富叛逆色彩。历史上多次大规模的农民起义均发端于此。抗战时期,山东高密也涌现了不少英雄人物。1938年,曹克明和族兄曹正直"率其活跃在高密西北乡的地方游击队,联合高密东北乡的冷关荣部"发动孙家口伏击战,"共歼敌39名,其中有在平型关大战中逃生的敌板垣师团中将指挥官中冈弥高……烧毁敌军车四辆,缴获一辆"。这里面的人物和事件后来成为"红高粱家族"的主干情节。此外,《红高粱》中的"我爷爷"余占鳌、罗汉大爷、县令曹梦九,在山东高密历史上也均有真实原型可考。正是在对故乡的真实历史的探寻中,莫言才有了创作的冲动,叙说的欲望。

和莫言一样,作家贾平凹也是地道的农民出身,故乡对于贾平凹的写作生涯和作品文学特质的构成具有十分重大的意义。贾平凹的家乡位于陕西南部的丹凤县棣花村,丹凤县正处于古时被称作"商州"的地界,据贾平凹考证,"商州者,商鞅封地也",可见其历史悠久。"在明、清,延至民国初年,通往八百里秦川有四大关隘,北是金锁关,东是渔关,西是大散关,南是武关;武关便在商州……那年月,日日夜夜,商州七县的山货全都转运而来,历史是多么荣耀,先业是多么昭著,一切'俱往矣'!"商州曾经有过繁荣辉煌的历史,然而随着时代的更替,四面三山、交通不便的商州逐渐被人们遗忘了。也正是这种遗忘,使得未受现代工业文明影响的商州保持了它特有的单纯和清静、古老和神秘。商州既是"天下最贫困的地方",也是"绝好的国家自然公园",在商州土生土长的贾平凹,对这片土地怀有深厚的感情,"商州的山岔一处是一处新境,丰富和美丽令我无法形容,如果突然之间在崖壁上生出一朵山花,鲜艳夺目,我就坐下来久久看个不够"。贾平凹在商州这片苍莽地界度过了人生中的十九个年头,而后他走出家乡到陕西省城西安求学,在城市生活的岁月里,他愈发地表现出对故乡风物的思念。自1983年中篇小说集《商州初录》发表以来,贾平凹一直在笔下不断地耕耘着自己的那方故乡天地,他在养育自己的故乡找到了创作的源泉和力量。

以上提及的福克纳、莫言、贾平凹都有着丰富的农村生活经历,而苏童则不同,他的祖籍虽然是在江苏省扬中县,然而从父辈开始就已迁居到了苏州，从小生活在苏州城北的他，大学毕业后又留在了南京，因而故乡的农村生活对他来说只能是祖辈的遥远记忆。因此学界大多把苏童笔下的"枫杨树"系列小说看作是完全想象的产物，认为他笔下的枫杨树山村与他的实际生活"其实没有多大的关系"，对此苏童进行了更正："不能说完全没有关系，还是有一点影子的。譬如枫杨村的地理描写多半还是真切的，我十岁时去过老家。那一次去的时候，扬中那个孤岛上正好是雾蒙蒙的。所以我后来的好多作品中出现的枫杨树也是雾蒙蒙的水淋淋的湿漉漉的。""很多我写竹子的作品其实也是写扬中。扬中到处都是竹子。每一家好像都有个竹园，我小时候对竹园很好奇。"然而从以上语录中也可看出，尽管苏童笔下的枫杨树山村有现实的影子，但是仅凭十岁孩童的一次还乡经历，显然不足以支撑其故事的原型意义，毕竟苏童的父辈已从扬中移居到古城苏州谋生，苏童自然也无法直接感受到扬中这一孤岛的独有情绪，也许是祖辈们的遗民意识渗进了苏童的血液里、思维中，他无法摆脱对虚幻"故乡"的眷恋和描绘，因此枫杨树系列小说到底是虚构大于现实的。但如果更深入地挖掘其枫杨树山村的原型，则可以将之放置在"南方"这一大的地理背景上来考察。对于苏童小说中所体现的浓郁地缘特征，王德威在《南方的堕落与诱惑》中的分析颇具代表性，"苏童小说中的地缘神景——南方，而我以为这是阅读的重要线索"。"苏童对于他生于斯长于斯的地方，显然有一份自觉与爱恋。顺着古运河的无数支脉，扬子江的滚滚长流，他'飞越'枫杨树故乡遍地烂漫的红罂粟，踏遍（苏州）'城北地带'、香椿树街的青石板块。一种奇异的族类在此生老病死，一种精致的文化在此萎靡凋零。而苏童以他恬静的、自溺的叙述声调，为我们叙述一则又一则的故事"。"苏童小说中有两处主要地理标记：枫杨树村及香椿树街"。前者代表乡村，后者代表城市，正是这两处地理标记构成了他笔下的南方。自古以来，中国南方作为一个地理概念，孕育着丰富的文化内涵，发展出具有独特文化象征的系统，而苏童笔下的南方，透露着工整精妙、纤美颓靡的气质，显然与这种南方的文化意蕴相投合。

　　无论是福克纳笔下虚构的"约克纳帕塔法"县，还是莫言笔下的"高密东北乡"，贾平凹笔下的"商州"，苏童笔下的"枫杨树"村庄，这些小说中的地域名称，都可在作家们童年生活的现实故乡里找到地理原型，正是在故乡的生活经历赐予了作家们灵感的源泉，使得他们的小说创作有现实根基可循。

（二）纸上的故乡

作家所出生和成长的现实的故乡为他们笔下虚构的故乡提供了前期的素材准备，然而从现实的故乡到纸上的故乡，并非一蹴而就之事。无论是福克纳，还是他后来影响到的莫言、贾平凹、苏童等人，在一开始的创作中并没有将熟悉的故乡风土人情诉诸笔端，他们都是因为某个契机而开启了故乡小说创作的灵感源泉。福克纳是受到了他的良师益友舍伍德·安德森的指点，而福克纳的故乡"约克纳帕塔法"世系小说的创作，又继而启发了中国寻根作家对虚构的故乡世界的热衷。当然，在这种影响与被影响的过程中，以莫言等人为代表的寻根作家也加入了自己的创造性，表达了各自对故乡的不同体悟。

在福克纳初涉写作时，他并没有完全意识到故乡之于他的文学创作的重要性。他最早的两本小说《士兵的报酬》和《蚊群》是当时流行的文学风潮影响下的产物，这两篇作品本身没有太多的特点，因此在文坛上也没有受到多大的重视。此时，福克纳在文学上的良师益友舍伍德·安德森为他指明了一条创作方向，安德森告诉他："你必须要有一个地方作为起点，然后你就可以开始学着写。是什么地方关系不大，只要你能记住它，也不为这个地方感到害羞就行了。因为，有一个地方作为起点是极端重要的。你是一个乡下小伙子，你所知道的一切也就是你开始事业的密西西比州的那一小块地方。不过这也可以了，它也是美国，把它抽出来，虽然它那么小，那么不为人所知，你可以牵一发而动全身，就像拿掉一块砖整面墙会坍塌一样。"福克纳听从了安德森的忠告，开始把目光转向以家乡为中心的南方，不久之后他的以故乡为背景的小说《沙多里斯》出版，此时的福克纳才觉得小说创作之路豁然开朗，他说："打从写《沙多里斯》开始，我发觉我家乡那邮票大小的地方倒也值得一写，恐怕毕一生之精力也无法将它写完。通过将现实升华为想象，我将可以完全自由自在地最充分地发挥我仅有的那点才能。我打开了别人的金矿，这样，我得以创造一个我自己的天地。"于是，福克纳所生活的南方小镇以及周遭的乡野、森林、大河便成了他笔下许多作品的地理背景，而他的祖先以及相关的人物，也成了各种形象的原型。福克纳就在那里度过了自己的一生。

和20世纪其他作家不同，福克纳很少外出，他把美国南方作为自己永远的归宿，并在这片沃土上辛勤耕耘。他一生创作了19部长篇小说和80部短篇小说，其中15部长篇和大多数短篇故事构成了著名的"约克纳帕塔法"世系小说。福克纳本人毫不掩饰自己对于这一片虚构的天地的热衷，他在《押沙龙，押沙龙！》出版时亲自绘制了一幅"密西西比州约克纳帕塔法县杰弗逊镇"地图，并且说明，这个县面积为2400平方英里，人口中白人为6298人，黑人为9313人。最后表明：这个县唯一的业主与所有者是威廉·福克纳。通过这一虚拟世界的构建，福克纳生动地反映了南方地区存在的沉重的失败情绪以及由此而来的茫然不知所措的种种忧虑和失落感。

福克纳怀着爱恨交织的心态来描摹他眼中的美国南方。在日本访问期间有人问他是否喜欢南方，他回答说："我既爱它又恨它。那里有些东西我一点儿也不喜欢，但我出生在那里，那里是我的故乡，所以我仍然要保护它，即使我恨它。"福克纳所有的成功作品都是"约克纳帕塔法"系列的作品，而且都是他回到家乡期间创作的，而相反，那篇消耗他许多精力、被他寄予厚望的小说《寓言》，由于选择了他所不擅长的战争题材，而被评价他唯一"糟糕的小说"。可见故乡对他的创作有着多大的影响，也唯有回归故乡，他才能写出真正出色的作品。福克纳在"约克纳帕塔法"县这个限定区域内，对美国南方生活进行了集中而深刻的描写：家族与家族之间的尔虞我诈，传统英雄"沙多里斯"与后起的商业家"斯诺普斯"之间的斗争，奴隶制的兴衰，庄园主家族和他们后裔的故事，穷白人、印第安人以及黑人的故事等等。在这个艺术世界里，福克纳以传奇故事的方式进行叙述的提升与强化，突出了美国南方的现实和历史。

福克纳所虚构的约克纳帕塔法王国，对莫言故乡题材小说的创作有着极大的影响。莫言在学习写作之初，曾经试图否定和回避故乡对自己的影响，转而去写一些自己不大熟悉的题材，如他发表的第一篇小说《春夜雨霏霏》，写的是新婚妻子对在海岛当兵的丈夫的思念，关于这篇小说，莫言如是说："1980年，我开始了文学创作。我拿起笔，本来想写一篇以海岛为背景的小说，但涌到我脑海中的情景，却都是故乡的情景……当时我没有明确地意识到我的小说必须从对故乡的记忆里不断地汲取营养。在以后的几年里，我一直采取着回避故乡的态度，我写海浪、写山峦、写兵营……"然而这种回避的态度反而使得他的小说写作之路越走越窄，因此他为"感到自己找不到要写的东西"而苦恼。正在此时，莫言从同学那里借到了福克纳的小说《喧哗与骚动》，福克纳在小说中表现出的对于乡土的依恋之情让莫言"感到很亲切"，"他从来不以作家自居，而是以农民自居，尤其是他创造的那个'约克纳帕塔法县'更让我心驰神往"。曾经逃避故乡的莫言此时才感到"如梦初醒"，"原来农村里发生的那些鸡毛蒜皮的小事也可以堂而皇之地写成小说"，"他的'约克纳帕塔法'县尤其让我明白了，一个作家，不但可以虚构人物，虚构故事，而且可以虚构地理。于是我就把他的书扔到了一边，拿起笔来写自己的小说了。受他的'约克纳帕塔法'县的启示，我大着胆子把我的'高密东北乡'写到了稿纸上"。在福克纳的启发下，莫言的小说创作一发不可收拾，"这简直就像打开了一道记忆的闸门……此后我再也不必为找不到要写的东西而发愁，而是要为写不过来而发愁了"。至此，莫言曾生活过的"高密东北乡"，在他的笔下又获得了新的生命。

不过，从现实的故乡到纸上的故乡，莫言也表现出与福克纳不同的方面。莫言认为："他（福克纳）的约克纳帕塔法县是完全虚构的，我的高密东北乡则是实有其地。"当然，莫言的这种说法并不完全准确。从实际情况来看，福克纳笔下的县城和小镇虽然都采用了虚构的地名，但是在小说中，他仍然较忠实地保留了故乡风物的原貌。他虽然把故乡拉法耶特县变成了约克纳帕塔法县，牛津镇变成了杰弗逊镇，但是约克纳帕塔法县的山川景物在福克纳的故乡是存在的，大河、庄园、原始森林、具有南方特色的动植物等等，是真有其事，只有地名是假的。福克纳的许多故事的地理背景就是美国南方实际存在的地域，比如约克纳帕塔法县的原型拉法耶特县，据考证"该县（拉法耶特）22000人口的将近一半是黑人，尽管经济在发展，几乎所有人都要靠棉花谋生"。我们在福克纳的"约克纳帕塔法"系列小说中时常能看到黑人和棉花的身影，以及他们对于当地社会生活的影响。在福克纳的"约克纳帕塔法"系列小说中，浓郁的美国南方风情充溢其间。而到了莫言这里则发生了一些变化，尽管他笔下的"高密东北乡"实有其地，然而相比之下，莫言小说中的故乡除了地名真实存在，其中的许多景物则是无中生有。在莫言创作初期的《白狗秋千架》《透明的红萝卜》中，这种艺术变形尚不明显，读者仍可以在文字中窥见"高密东北乡"所特有的土地、河流、植物，但是到了后来的《檀香刑》《丰乳肥臀》等作品中，"高密东北乡"则被改造得面目全非。莫言颇为自得地表示："我在不到十年的时间内，就把我的高密东北乡变成了一个非常现代化的城市，在我的新作《丰乳肥臀》里，我让高密东北乡盖起了许多高楼大厦，还增添了许多现代化的娱乐设施。……我敢于把发生在世界各地的事情，改头换面拿到我的高密东北乡，好像那些事情真的在那里发生过。我的真实的高密东北乡根本就没有山，但我给它挪来了一座山，那里也没有沙漠，我硬给他创造了一片沙漠，那里也没有沼泽，我给它弄来了一片沼泽，还有森林、滑坡、狮子、老虎……都是我给它编造出来的。"在地理的虚构上，莫言显得更为大胆，他笔下的"高密东北乡"显然无法与他现实的故乡等同起来，对于采取这种变形的意图，莫言也解释道："高密东北乡是一个文学的概念而不是一个地理的概念，高密东北乡是一个开放的概念而不是一个封闭的概念，高密东北乡是在我童年经验的基础上想象出来的一个文学的幻境，我努力地要使它成为中国的缩影……"莫言以高密东北乡这个"邮票般大小"的地方来营造自己的文学天地，显然是受福克纳"约克纳帕塔法"世系小说的影响，但他在对故乡的改造上如此"大胆"，又显示出与福克纳迥异的一面。

关于故乡世系小说的构建，苏童的虚构性显得比莫言更为彻底，然而，苏童之所以有意识地将他的十几篇小说均放置在"枫杨树乡村"的背景下构建，也确乎是受到福克纳所虚构的"约克纳帕塔法"县的启发。1993年苏童的小说集《世界两侧》出版，这个集子由"枫杨树故事"和"城市流浪者"两个部分构成，前者代表乡村一侧，后者代表城市一侧，在苏童看来，"人们就生活在世界的两侧，城市或者乡村，说到我自我的血脉在乡村这一侧，我的身体却在城市那一侧"。苏童笔下的"枫杨树故事"，也正是在与城市故事的比照中，显示出特别的意义。苏童在为《世界两侧》撰写的《自序》中，提到福克纳的影响时这样说："有关乡村的部分，细心的读者可以发现其中大部分故事都以枫杨树作为背景地名，似乎刻意对福克纳的'约克纳帕塔法'县东施效颦。"后来他又说："福克纳的《献给爱米丽的一朵玫瑰花》我最喜欢，我的很多短篇小说都是在它的影响下写出来的。"他认为"福克纳在这篇作品中设计了一个阴谋，非常阴郁，散发着霉味"。而这种充满着"阴谋""散发着霉味"的特质在苏童的"枫杨树"系列小说中也比比皆是。例如在《罂粟之家》中，猩红的罂粟花开满整个故乡原野，罂粟是狂放诱人的、颓靡恍惚的，罂粟花粉弥散的田地上，充满着颓败诡异的气息。

另一方面，当时文坛的寻根文学思潮也影响了苏童这一系列小说的创作，苏童自认为，"我写这个其实是'寻根'文学思潮比较热闹的时期，'寻根'文学思潮推动了我对我自己的精神之根的探索"。"枫杨树乡村"这一地名是苏童虚拟的，而关于它的原型江苏扬中，苏童本人其实也没有多少了解，关于枫杨树故乡的某些自然地貌的描写，是在作者对扬中老家模糊的记忆中形成的。作为苏北移民，苏童的祖辈生活在乡村，而作家本人却跟随父辈离开乡村体验城市文明，乡村与城市这两条血脉在苏童身上分裂并矛盾着，正是对"根"的思索以及对扬中故里的松散回忆引发了作者对"故乡"的遥想，使他无法摆脱对原乡的眷恋与描绘，因此他才会自觉地将笔触投放到记忆深处的故土之上。而通过阅读福克纳的"约克纳帕塔法"世系小说，苏童更加确证了书写自己的故乡的信念，因此他说，"我觉得自己似乎也可以有一个邮票大的一块地方"。

与莫言、苏童不同，贾平凹写作《商州》在先，而后读到福克纳的作品，福克纳对于故乡的执着耕耘使贾平凹更加确认了"故乡"对于自己的意义。福克纳在小说中对于故乡世界的不懈耕耘,让贾平凹有着极大的认同感。他在访谈中说:"我对美国文学较感兴趣……像福克纳、海明威这种老作家。……福克纳这类作家就用加法写……感觉一古脑全塞到作品中去,什么都写,无所顾忌没有节制。看福克纳的作品,总令我想到我老家的山林、河道。"正如福克纳一贯以"乡下人"自居,贾平凹也对外宣告:"我是农民",这反映出他对于生他养他的那片故土的热爱之情。贾平凹在20世纪70年代初开始学习写作,受当时风潮的影响,他热衷于写诗,并零散地发表和出版了一些诗作,然而随着阅读视野的开阔和写作经历的递增,他的写作出现了转向:"我开始否定我那些声嘶力竭的诗作,否定我一向自鸣得意的编故事的才能,我要写我熟悉的家乡的人和事,我要在创作中寻找自己的路……"

此后,贾平凹就自觉不自觉地以家乡商州的人文地理、自然风光、历史现实为创作的背景,深入地表现着时代剧变中家乡的民情风俗、社会心理、个人命运的变迁,刻画着乡里人的性格与灵魂,表现出强烈的地域文化意识。1983年,贾平凹的《商州初录》即在这一创作转向中诞生的,在《商州初录》中,作者以散文式的笔法结构小说,十分真切地讴歌了清新、淳朴的山野民风,举凡山川地理、地方人物、民间传闻、奇俗逸事,以及世情发展、人心变化,无不熔裁入文,这样的体例布局,很有中国古代笔记小说的神韵。贾平凹同福克纳一样,将故乡化为一个与充满喧哗与骚动的现实进行对照的诗意家园。贾平凹在《商州初录》中,通过对人文地域风情的描摹所表现出的文化寻根意识,也使得这部文集成为两年后的"寻根文学"思潮的开先之作。随后,贾平凹又继续探索着对商州大地古老民风民俗与现代文明之间的关系,先后发表小说集《商州再录》《商州又录》,以及长篇小说《商州》。贾平凹凭借他的商州小说群体,逐渐成为文坛的中坚力量,而商州这片大地也因贾平凹的小说被世人所知晓。对此,贾平凹表示,"我却是多么欣慰,多多少少为生我养我的商州尽些力量,也算对得起这块美丽、富饶而充满着野趣野味的神秘的地方,和这块地方的勤劳、勇敢而又多情多善的父老兄弟了"。正是在这样一种信念的支持之下,贾平凹数十年来始终持之以恒地书写着他心中的那一方商州天地。

（三）精神的原乡

尽管上文详细论述了故乡与这几位作家的密切联系，然而目的绝非是将他们归结为传统的乡土作家。福克纳之所以伟大，不仅仅在于他对于美国南方社会的熟悉，更重要的是由此推及的对于整个现代人类社会的思考。一个作家的情感尽管必然与他的族裔、他的故土血肉相连，但是一个具有世界意义的作家，无论他来自哪一个民族，哪一方水土，他的思想都已超越了狭小的地域局限和单一的民族思维，他的情感系于整个人类的生存和命运。可以说，福克纳的创作虽然立足于美国南方，然而又超越了美国南方作为地域的局限性，达到触及人类普遍性问题的高度。

在超越一般"乡土文学"的狭隘性和局限性而达到人的普遍性存在的高度方面，福克纳的成就已经获得广泛的认可。中外评论家们从不同方面强调了福克纳的"约克纳帕塔法"小说所具有的普遍意义。美国学者克林斯·布鲁克斯指出："福克纳由于运用乡土素材而获益甚多。这使他能用优越的手段来表现生活在激烈变化的世界中的现代人的典型问题；但同时，也使他有可能坚持表现他心目中的关于极其古老、基本上不变的人的困境的永恒真理。运用他的乡土素材，他发现他能守住家乡同时又能处理带普遍意义的问题。"苏联学者巴里耶夫斯基说："福克纳——无可争辩地是个民族的，甚至是个区域性的艺术家——他慢慢地、艰苦地向异化的世界显示他与这个世界的密切关系，显示人性基础的重要性，从而使自己成为一个全球性的作家。"中国的福克纳研究专家李文俊和肖明翰也表达了类似的观点。李文俊认为，"福克纳的'约克纳帕塔法'世系不仅仅是一般的乡土文学。它既有浓郁的乡土气，同时又超越了狭隘的地区观念，写出了有普遍意义的形象、典型与各种情况之下的人性表现。这就使福克纳既是一个南方作家，又是一个能反映现代人深刻精神问题的有哲理意义、有国际意义的作家"。肖明翰在论述福克纳与美国南方的关系时也强调，"我们在这里强调福克纳的南方性，他同美国南方的密切关系，绝不是在否定或忽视他的思想、他的文学创作的普遍意义"。福克纳本人也多次强调，"对于我，南方并非十分重要，我仅仅碰巧了解它"，它只是"一把最近的钉锤","一把我唯一知道的工具","我只是在尽量讲关于人的故事"。后来在评述"约克纳帕塔法"系列小说的创作时,他说:"从(沙多里斯)开始,我发现了我那邮票般大小的故土很值得写,而且不论我多长寿也不可能把它写完……我喜欢把我创造的世界看作是宇宙的某种基石,尽管那块基石很小,如果它被拿走,宇宙本身就会坍塌。"这就非常形象地说明了他创作的乡土色彩与普遍意义之间的关系。因此,尽管同样是专注于描摹故乡的风土人情、生活变迁,福克纳的眼光却超越了传统意义上的乡土文学作家,他所构建的故乡世界,已然上升到追寻具有普遍意义的人类精神的原乡的高度。在他的小说中我们随处可以发现与我们的生活息息相关的命题:传统社团的消失、原始自然的消亡、资本主义的入侵、阶级和种族分离的诱惑力和破坏性、清教徒式的自高自大、战争的荒诞与意义等等,福克纳笔下的美国南方便成了整个当代社会的一个缩影。

福克纳几乎所有的小说都围绕着一对具有普遍意义的矛盾冲突展开,"这个冲突发生在传统主义与反传统的现实之间,并沉浸在这个反传统的现实世界里面"。福克纳之所以创造"约克纳帕塔法县"这一文学意义上的虚构地理概念,孜孜不倦地耕耘这块"自己的天地",实际上也是为了追寻老南方逝去的荣光,探寻在新旧冲突中人类所面临的普遍问题。美国南北战争虽然终结了国家分裂的局面,然而在福克纳所处的时代,南方正处在一个更为深刻的历史性变革之中。北方资本主义文明的入侵,使得南方传统的农业文明受到极大的冲击,在南方现代化的进程中,充满了新旧势力与新旧观念的冲突,一场古老传统与现代文明的对垒就此展开。福克纳创作的"约克纳帕塔法"系列小说正反映了发生在南方的这一系列的新旧冲突,并由此进一步探索在历史性变革时期人类普遍的精神危机。

在福克纳的小说《喧哗与骚动》中,这场冲突以及由此引发的人的精神危机表现得尤为明显。康普生家族有着辉煌的历史,然而在新的时代却不可避免地走向没落,面对变革,以昆丁和杰生为代表的家族后裔选择了不同的道路。昆丁是旧传统的坚定守护者,这一悲剧性的人物摆脱不了祖先们投下的阴影,他"在1909年听人讲陈年旧事……仍然呼吸着1833年那个星期天早上教堂编钟在其中鸣响的同样的空气"。尽管他还是一个生活刚开始的青年,他实际上已成了"一座空荡荡的厅堂",回响着铿锵的战败者的名姓;"他年纪太轻还没有资格当鬼魂,但尽管如此还是必须得当,因为他……是在这南方腹地出生并长大的"。无论是在《押沙龙!押沙龙!》中,还是在《喧哗与骚动》里,原本有着大好前程的昆丁却永远地陷入了传统的束缚之中,他沉溺于过去,丧失了应对现实的能力,幻想中的家族荣耀在现实面前显得不堪一击,而妹妹凯蒂的失贞仿佛预示着旧传统的彻底沦落,面对传统的消逝和家族荣誉的泯灭,绝望的昆丁只能选择自杀。而昆丁的弟弟杰生则代表了另一类人,用康普生夫人的话说,杰生"除了姓康普生之外别的地方都不像康普生家的人",在资本主义工商文明南侵的形势下,杰生主动顺应了潮流。相比于昆丁对于旧世界的迷恋,杰生更关注眼前的实利,对于祖先投下的阴霾,他更多的是表现出不屑与讥讽:"血统高贵,我说,祖上出过好几位州长和将军呢。幸亏咱们祖上没出过国王与总统,否则的话,咱们全家都要到杰克逊去扑蝴蝶了呢。"对于旧传统的守护者昆丁,福克纳持着同情的态度,但是又毫不留情地揭示出他的虚弱与无能;而对于新势力的拥护者杰生,福克纳是厌恶和鄙薄的,福克纳说过,"对我来说,杰生纯粹是恶的代表。依我看,从我的想象里产生出来的形象里,他是最最邪恶的一个",但是他又不得不承认杰生这样的人更能适应新时代。福克纳以冷峻的眼光看待着这场新旧变革,他既表现出对旧世家精神的迷恋,然而又毫不留情地揭露出南方社会的痼疾,所谓"刺刀见红"。

然而福克纳的小说又并非萨特所认为的那样是"描述了一个年老垂死的世界",在小说的另一人物迪尔西身上,我们看到了人类的希望。在刻画出一个衰败的世界之后,福克纳又把迪尔西安排为小说第四部分的主角,是有其深意的。在福克纳眼里,"迪尔西代表着未来"。福克纳告诉人们:"迪尔西是我所喜爱的人物之一,因为她勇敢、大胆、慷慨、温柔和诚实,她永远比我勇敢、诚实和慷慨。"沃尔普也认为"迪尔西是新生与生活的象征"。福克纳通过迪尔西的世界,向南方乃至全人类指出了人应该怎样才能有一个光明的未来。"正是因为他们杀死了我,你们才能复活;我死去,为的是使看见并相信奇迹的人永远不死。"牧师用那铿锵的语调宣告耶稣献身的真意。这才是对人类命运真正有意义的拯救,信守美德的迪尔西对此产生了深深的共鸣。"两颗泪珠顺着凹陷的脸颊往下滚落,在牺牲、克己和时光所造成的千百个反光的皱折里进进出出。"迪尔西说,"我看见了初,也看见了终。"在这里,迪尔西俨然成为那相信奇迹的人,经历了岁月沧桑,永远不朽。由此可见,在《喧哗与骚动》中,福克纳明确地表现出对传统美德的推崇,他在迪尔西的身上寄寓了美德使人不朽的观点。

在小说的最后,福克纳这样写道:"他们艰辛地活着。"尽管人的生活是艰难的,内心难免痛苦,但只要具有勇敢与忍耐的精神,人类就会生生不息、绵延不绝。福克纳的这种对人类的坚定信念从他的诺贝尔奖演讲词中也得到充分的体现,他说:"我拒绝接受人类末日的说法,我相信人类不但会苟且地生存下去,他们还能蓬勃发展。人是不朽的,并非在生物中唯独他留有绵延不绝的声音,而是人有灵魂,有能够怜悯、牺牲和耐劳的精神。"这是亘古不变的心灵真理的呼唤。福克纳的创作属于美国南方,更属于全人类,他在溃败的传统与荒芜的现实中执着地书写着"人是不朽的"。或许,正是在这一深层意义上,福克纳的作品才能够经受住历史的淘洗,多少年来一直具有震撼人心的魅力。

福克纳的创作如此具有普遍性意义,以至于影响了美国和世界各地一代又一代的作家。例如意大利当代著名作家阿尔贝托·莫拉维,拉丁美洲作家马尔克斯、略萨、博尔赫斯等人都受到过福克纳的影响。福克纳也深刻地影响了中国新时期的寻根作家,他们也试图将自己笔下虚构的方寸之地上升到人类精神的原乡的高度。

莫言从福克纳的艺术实践中认识到,要"立足一点,深入核心","然后获得通向世界的证件,获得聆听宇宙音乐的耳朵"。在使自己的方寸世界具有一种适用于大千世界的普遍性方面,莫言表现出了自己的欲望,莫言把原乡当作一个开放性的艺术世界来处理,把发生在天南地北的事情都放到"高密东北乡"这块热土上来写,把在外地获得的丰富的感受带回到故乡来加工。他多次申明:"'高密东北乡'是一个文学的概念而不是一个地理的概念,'高密东北乡'是一个开放的概念而不是一个封闭的概念，'高密东北乡'是在我童年经验的基础上想象出来的一个文学的幻境，我努力地要使它成为中国的缩影，我努力地想使那里的痛苦和欢乐，与全人类的痛苦和欢乐保持一致。"这样莫言就在高密这块"邮票般大小的"故土上写着天下的人与事。另外莫言总是赋予作品一个更为深刻的、具有人类普遍性的主题，力图通过对"高密东北乡"的言说，寻找到现代人的精神皈依之所。"所谓'写小说是带着淡淡的乡愁寻找失落的家园或精神故乡'之说，并不是我的发明，好像一个哲学家说哲学如是。我不过挺受感触，便'移植'过来了。此种说法貌似深刻，但含义其实十分模糊，说穿了，文学是一种情绪，一种忧伤的情绪，向过去看，到童年里去寻找，这种忧伤就更美更有神秘色彩。"

然而在对精神家园的探寻过程中，莫言亦感到了作为没落后代的一种无助与绝望。在"红高粱家族"中，几次出现这样的词句："他们（先辈）……使我们这些活着的不肖子孙相形见绌，在进步的同时，我真切地感到种的退化。"作者以"爬虫"的姿态来仰望祖先的丰功伟绩，鲜明地表达出一种厚古薄今的思想，在莫言看来，旧时代充满自由与血性的生存状态一去不复返了，而现代人正一步步地被物质文明腐蚀殆尽。莫言在小说中，表达了一种回归精神家园的意愿，小说中的"我"听到死去的先辈的召唤："孙子，回来吧！再不回来你就没救了……"这种回归带有浓厚的象征意味，回归"高密东北乡"，意味着荡涤掉都市生活和工业文明的污染，使一个"高密东北乡"的后代迷失的灵魂得到拯救。因此作家在小说结尾处这样写道："一个苍凉的声音从莽莽的大地深处传来"，向"我""指点迷津"，"在白马山之阳，墨水河之阴，还有一株纯种的红高粱，你要不惜一切努力找到它"。这里的"纯种的红高粱"，即"先人的精神象征"；而这里的故乡（高密东北乡），亦是作者本人的精神创造，他将之看作是"人的极境和美的极境"，作者在此寻"根"，寻的是人类赖以诗意地栖居的精神家园。然而这种回归的状态又是极为虚幻缥缈的，只能是在想象的故土放飞理想，"人们回到的永远只是心灵上的家园和想象中的乡土，现实中的家园和乡土被现代性碾压之后，已发生了根本性的变化，乡土也许承担不起现代人对它赋予的心灵停泊地这一厚望"。因此，莫言式的回归终究无法成为迷惘的现代人终极的精神归宿。

苏童也在福克纳的启发下,以"枫杨树"乡村为基点创造了自己的一块"邮票大小的地方"。他感言:"大师福克纳一直在用人类写作历史上最极致的智慧和手段为人类本身树碑立传。"因此苏童希望自己笔下的故乡也能像福克纳的"约克纳帕塔法县"一样,具有某种普适性的意义。苏童认为,"枫杨树"系列小说的创作"是我的一次精神的'还乡'"。"在这个过程中我触摸了祖先和故乡的脉搏,我看见自己的来处,也将看见自己的归宿"。正是基于这一理念,苏童在他的笔下执著地反复建构他的"枫杨树"故乡,顽强地虚拟他的家族兴衰史。在《罂粟之家》《1934 年的逃亡》《桂花树之歌》《外乡人父子》《飞越我的枫杨树故乡》等篇目中,我们都可以窥见作家对于传统之沦落的叹惋。最典型的莫如《罂粟之家》,小说里所展现的 20 世纪三四十年代枫杨树山村的地主刘家,如福克纳笔下的康普生家族一样,是一个一度辉煌却因受到诅咒而注定要灭亡的家族。地主刘老侠不择手段地兼并河两岸的土地,甚至连濒死的亲兄弟的坟地也不放过,从此枫杨树乡村的土地上开满了罂粟花,邪恶的诅咒就此笼罩了刘氏家族。这个诅咒也影响到了刘家后代刘沉草的身上,刘沉草并非刘老侠亲生,而是因为前几个孩子夭折之后,刘老侠不惜借种生子得来的继承人。像昆丁一样,在沉草身上我们同样看到祖先投下的阴影,沉草虽接受现代教育,受到各种现代思潮和主义的影响,可在精神上却从未割断与他那统治着旧日王国的父亲的联系。一旦回到枫杨树乡村,父亲巨大的阴影就立即笼罩了他。像昆丁一样,沉草也曾经挣扎过,试图从衰落的家族命运中摆脱出来。他想到在家里打网球,这是代表现代文化的学校生活留给他的最后一点联系。他尽了力,农村没有网球和球拍,他就自己动手做。可每次做好一个网球,这个球就神秘地消失了。沉草终于醒悟到,"在枫杨树的家里你打不成网球,永远打不成"。这具有象征意义的一笔,喻示着代表祖先和历史的家庭阴影的沉重,终究无可摆脱。祖辈的意志给予这个回乡大学生沉重的压力,然而面对 1949 年乡村形势的变革,刘沉草无力挽回家族注定衰败的命运,他最终死在了自家的罂粟缸里。福克纳 1949 年在荣获诺贝尔文学奖时的答辞中说过,一个作家的真正主题是"人的自我矛盾的心灵"。苏童也试图在小说中探究在历史转型期人的命运问题,然而他未能在传统与现代的冲突中找到一个和谐的点。苏童自己也承认,"人会研究自己的血脉,这是一种下意识……大多数城市人口,它的血脉一边在乡村一边在城市……我难以找到一个统一的、和谐的点。"因此,苏童式的"精神的还乡",最终也无法实现理想的精神家园的构建。

  在福克纳的启发下,贾平凹也试图"以商州作为一个点,详细地考察它,研究它,从而得出中国农村的历史演进和社会变迁以及这个大千世界里的人的生活、情绪、心理结构变化的轨迹"。在新旧变革的新形势下,贾平凹对传统持一种矛盾的态度,他在情感上对故乡商州所保留的那种古朴淳厚的乡土风情表示出眷恋和悲挽,然而在理性上又不得不承认这种古朴遗风的消逝是社会和时代的进步。在这一矛盾的情感中,贾平凹试图返回故乡找寻精神的归宿。无论是《商州初录》里的莽岭一条沟,还是《商州又录》里的无名山野,在贾平凹看来都有着未被现代文明污染的诗意之美,因而当现代文明侵入这荒僻的山村时,顺应潮流而变革与墨守传统的冲突便十分强烈地突现出来。这在《小月前本》《鸡窝洼人家》《腊月·正月》等系列中篇小说中得到较为充分的反映。这些小说都着力表现改革开放后进入农村的商品价值观对山乡古老民风、民俗的冲击。其中最富戏剧性的变化是《腊月·正月》里韩玄子和王才之间身份地位的置换。韩玄子这位年过花甲的乡村知识分子习染了传统文化和思想观念,固守旧的生活秩序,企图保住自己在地方上的威望;但王才这位曾经备受歧视的穷小子,却在商品经济的大潮中凭借精明的头脑撼动了韩玄子的地位和声望。韩玄子将王才视作自己的敌人,处处与他作对,而实际上,韩玄子与王才并不存在物质上的利害冲突关系,他们之间的矛盾,本质上可以看作是新旧两种文明的对垒。最终,村民们在金钱利益的诱惑下,纷纷加入王才的工厂,加入由传统向现代行进的队伍。失去了统治地位的韩玄子坐在坟丘顶上,喊着:"我不服啊,我到死不服啊!等着瞧吧,他王才不会有好落脚的!"小说就在他凄厉而徒劳的哀号声中戛然而止。现代工业文明的侵入,粉碎了乌托邦式的家园美梦,然而又该如何去建构新的精神家园呢?贾平凹始终处在传统与现代的矛盾之中,这种矛盾一直未能解决,因此在他的笔下，精神的家园最终失落了。

基于对工业社会的厌倦与失望，现代人始终执着于对灵魂归宿地的寻找。因而人们常常通过对故地旧日风物的缅怀来重温田园式的理想生活，"还乡"由此成为21世纪文学家不断抒写的主题。寻根作家亦通过他们笔下的故乡言说，来寄托对家园的怀念，然而当他们述说家国故土的时候，困惑与迷茫也随之而来。贾平凹的商州世界不是人类心灵停靠的港湾，莫言的"高密东北乡"也并非人们永恒向往的所在，而苏童的"枫杨树"故乡更是遥不可及的模糊幻影。对精神家园的追寻而不得，使得他们的无根感和漂泊感变得更加强烈，正如鲁迅先生所说："北方固不是我的旧乡，但南来只能算是一个客子，无论那边的干雪怎样纷飞，这边的柔雪又怎样依恋，于我都没有什么关系了。"

正如海德格尔所言，"诗人的天职是还乡，还乡使故土成为亲近本源之处"，还乡是文学作品中一个永恒的话题，细读福克纳的作品，可以看出作者在展现那个正在走向毁灭的美国旧南方，在对传统价值观念的崩溃所带来的深深的绝望及对人性阴暗面揭露的同时，又在积极地探索、重建一个理想的美国南方。在福克纳的作品中可以看出这种艰辛的努力，而且越到后来，他对人类的希望和信心就越大，致使他的作品变成了"对生活和人的一声浑厚激越的肯定"。与之相对照，同样处在现代化转型的历史时刻，寻根作家们虽然从福克纳"约克纳帕塔法"世系小说的写作中得到启示，表现出追求普遍性精神家园的自觉意识，然而，一方面由于这场"寻根"风潮持续时间短暂，另一方面，从根本上讲是因为深层的精神危机未能解决，致使寻根作家的"还乡"之旅，只能以遗憾告终，精神家园最终失落在无涯之野。

结语

在20世纪80年代的文学思潮更迭中，寻根文学是具有承前启后作用的重要一环，这一文学思潮或文学流派的出现，对于新时期文学的转型有着十分深远的意义。学者季红真认为："'文化寻根'思潮的真正作用，不在文化价值抉择方面的科学与否，而是在文学自身的观念蜕变与风格更新。"有学者指出，寻根文学对于新时期文学转型所起的推动作用，主要表现在三个方面：从载道到审美，从现实主义到现代主义，以及时空观念的革新这三大转变。应该说，新时期文学的这三大转型的实现，离不开以福克纳为代表的西方现代主义文学的影响。

首先，表现在文学观念从载道到审美的转变。在寻根文学之前的新时期文学，如伤痕文学、反思文学、改革文学，文学都在相当程度上被蒙上了社会学的外衣而成了"时代的传声筒"，到了寻根文学，作家们开始重视关于小说形式技巧的实验，他们需要一个文学上的指路人。此时福克纳的出现，正契合了这批渴望革新的作家的需求，福克纳多变的小说叙事让以莫言、苏童为代表的青年作家感到震撼，他们惊呼"小说原来可以这样写"，于是他们也开始在自己的小说中展开叙事方式的实验，这种叙事尝试最初便表现在他们笔下以"故乡"为主体的寻根小说之中，通过对形式的重新发现，表达出他们对于"载道"观念的纠偏意识，这也为后来的先锋文学更为激进的形式实验奠定了基础。

其次，寻根文学的出现，也推动了新时期文学从现实主义到现代主义的过渡。诚如李欧梵所言："现在的寻根派，恰恰就是昨天鼓吹向西方现代派借鉴的那一拨人"，以福克纳为代表的西方现代派小说的引进，对传统现实主义文学产生了强烈冲击，激发了中国青年作家的现代派实验的热情，如果说20世纪80年代初的实验尚停留在技巧的皮毛状态，寻根文学则深入到文学观念的层面，"新时期小说现代主义的转化，已经从形式的追求上升到观念的思索。而真正能够从观念上来推进这种现代主义转化的，是寻根文学"。

再次，时空观念的转变。寻根小说以前的新时期文学基本遵循传统的线性时间来进行叙事，而寻根作家从西方现代小说吸取经验，打破了传统的线性叙事方式，在交错的叙事时空中完成对故事的建构，最明显的例子是莫言在读了福克纳的《喧哗与骚动》后创作的"红高粱家族"，故事在过去与现在之间不断转换，齐头并进的多维叙事如交响乐般交织在一起，组成了一个多维立体的时空世界，这是在过去的"教科书上的写法"中无法习得的技巧。

正是在以福克纳为代表的西方作家的启发下,"寻根文学使新时期小说时空观最终由传统的一维平面走向了现代的多维立体,这就为新时期小说的现代化创造了良好的前提条件"。

在肯定寻根文学的功绩的同时,也必须看到,寻根文学最大的遗憾是未能将"寻根"进行到底,因为"寻根"口号本身的问题,导致最终的无以为继。1985年前后兴起的寻根文学正处在现代性转换的过程之中,短时期内不遗余力地吸收西方文学资源的同时,也多少造成了一种"消化不良"。即使佼佼者如莫言、苏童等人,在努力学习西方文化精髓,将其融入到文学作品中时,也存在着生搬硬套的痕迹。福克纳在新旧时代交替的背景下开始创作,他的小说自然脱不开美国南方没落的时代痕迹,但是大师并非简单停留在历史的外部,而总是把笔触深入到人的内心世界,以他神奇的想象力和杰出的人物刻画能力,去表现人物内心充满的混乱和矛盾。福克纳以源自内心深处的思想信念,审察着现实人类心灵的冲突和精神煎熬,对人类的苦难做出持久而深入的揭示。福克纳说:"诗人和作家所能恩赐于人类的,就是借着提升人的心灵,来鼓舞和提醒人们记住勇气、荣誉、希望、尊严、同情、怜悯之心和牺牲精神,这些人类昔日曾经拥有的荣耀,以帮助人类永垂不朽。"正是凭借着对人类精神和心理的卓越探索,福克纳成就了自己文学上的不朽美名。福克纳的小说不能说是一切乡土小说创作的典范,但毫无疑问,他遵循的是"文学是人学"的基本法则,他是以文学的而不是思想的形式,把他的"邮票般大小"的故乡带进世界的文学地图。

如果说福克纳的小说能够给予中国作家的故乡言说带来什么启示,大概就在于他处理经验事实、心灵事实与审美事实的转换关系时,不是把经验事实直接转化成审美事实,不是仅仅去书写现实的或历史的故乡,而是超越地理和主题的现实限制,在更为广袤的精神的故乡上写出一幕幕人间的悲剧与喜剧。这样的审美表达形式,是20世纪以来世界小说"现代"转向后的基本方向。而在20世纪80年代中国的寻根小说中,尚缺少福克纳那样的对人类心灵做艰深探索的笔法。80年代之后,"寻根"作为一个口号逐渐消隐于新一轮的文学风波里,在创作界,苏童、贾平凹、莫言等人对于他们的中国版

"故乡"世界的建构也并未如福克纳那般执着坚守，一些中国作家也早已更换了对话伙伴，苏童的体会非常有代表性，他说："对我在语言上自觉帮助很大的是塞林格，我在语言上很着迷的一个作家就是他，……海明威、菲茨杰拉德、福克纳这样的作家我也很喜欢，从文学成就上说，塞林格可能不能跟这些大师相比，但像福克纳的语言你很难从他那儿学到什么。"人们失望于这场不了了之的寻根，认为随大流导致了后续的断裂。事实上，寻根作家在向以福克纳为代表的国外文学取经的过程中，就存在着某些不足之处：

首先，与福克纳相比，寻根作家笔下的故乡言说缺乏一种"世系品格"。福克纳一生都在不断地耕耘那一小片天地，对他的"约克纳帕塔法"世系小说进行重复和改写。这些长篇、短篇小说既独立成篇，又互相关联，互为补充。同一人物，尤其是主要人物常常反复出现在不同的故事之中。这一体系的每一本书都是同一个生命的图景的一部分，像巴尔扎克的《人间喜剧》一样，它是美国南方社会的一部编年史。福克纳的"约克纳帕塔法"世系小说的构建，绝非一日之功。"约克纳帕塔法"是一个彼此呼应、相互对照的庞大体系，他借鉴了巴尔扎克在《人间喜剧》中运用的"人物再现法"，将人物放置在一个流动的、生长的空间，只有将相关作品通读，才能掌握这个人物的全貌。如昆丁，出现在《夕阳》《喧哗与骚动》《押沙龙！押沙龙！》等小说中，唯有统观这些作品，才能够把握这个人物性格的全貌。福克纳说过："不仅每一部书得有个构思布局，一位艺术家的全部作品也得有个整体规划。"他的小说是"宇宙的一块拱顶石"，"抽掉一块，整个宇宙便坍塌了"。正是由于这种坚定执着的追求，福克纳的小说才会在历经时代的打磨后愈发显出永恒的魅力。而寻根作家笔下虚构的"故乡"小说，则大多是临时起意的"跟风"之作，理念的"拔高"也导致了实际操作的难以为继。因此这种"跟风"也导致了小说的根基不牢靠，在短暂的辉煌过后，便迅速地消隐于其他文学风潮之中了。

其次，寻根作家在"影响的焦虑"之下，往往忌谈自己受到的外来影响。汪曾祺曾在一篇关于京剧的文章中写到："文学史上有一条规律，凡是一种文学形式衰退了的时候，挽救它的只有两种东西，一是民间的东西，二是外来的东西。"当我们回顾这段轰轰烈烈的"寻根"大潮时,不难发现,许多青年作家对于国外作品的态度是有失偏颇的。从最初的一味模仿,到后来的一味逃避,其实都不是面对外来影响的正确姿态。正如莫言自己所言:"现在我想,加西亚·马尔克斯和福克纳无疑是两座灼热的高炉,而我是冰块。因此,我对自己说,逃离这两个高炉,去开辟自己的世界!"他又说:"我想,我如果不能去创造一个、开辟一个属于我自己的地区,我就永远不能具有自己的特色。我如果无法深入我的只能供我生长的土壤,我的根就无法发达、蓬松。"因此,他给自己树立了四条原则:"一是树立一个属于自己的对人生的看法;二是开辟一个属于自己的领域的阵地;三是建立一个属于自己的人物体系;四是形成一套属于自己的叙述风格。"在"影响的焦虑"之下,莫言对待外来影响的态度,可以说是较为清醒与明智的,也颇值得中国当代作家去借鉴。然而在实际的操作中,这种"逃离"似乎又显得过于峻急了,正如莫言自己承认的,福克纳的《喧哗与骚动》和马尔克斯的《百年孤独》他一直都没有读完,这种急功近利式的学习尽管令他迅速成名,但同时也埋下了某些隐患,以致他在后来的创作中,如《红树林》《十三步》,艺术创造的过度自由消解了作品的审美意味。20世纪80年代的很多青年作家,对于学习外国文学的态度其实是暧昧不清的,他们既感受到来自西方的文学经典作品的优越之处,同时又在"影响的焦虑"之下忌谈外国文学的影响。对于外来文学的冲击,苏童就曾表现出这样的迷茫之感:"谁在我们的头上投下了阴影?我们受到了美国当代文学、欧洲文学、拉美文学的冲击和压迫,迷茫和盲从的情绪笼罩着这一代作家。"在2008年10月召开的"当代世界文学与中国"国际学术研讨会上,作家莫言在开幕式上作的《影响的焦虑》的主题发言也颇值得我们深思,莫言坦言自己曾经很忌讳别人说他的作品受到外国的影响,甚至还写了一篇《两座灼热的高炉》,表示要尽快逃离福克纳和马尔克斯的影响。在后来的创作实践中,莫言也有意识地想摆脱外国文学的影响。在2001年出版的《檀香刑》的后记中,莫言提出了"有意识地大踏步撤退"一说,随后出版的《生死疲劳》中,又有"向中国古典小说和民间叙事的伟大传统致敬""对伟大古典小说呼应"的说法,大有与西方现代派撇清干系的架势。然而这种

"非此即彼"的态度，并不利于中国当代文学的成长。其实，在莫言小说中又怎能截然分清哪些是民族形式哪些又是受了外国影响呢？在被莫言号称是"向民间回归"的作品《檀香刑》中，"总体结构——'凤头''猪肚''豹尾'诚然来自中国古典文学的审美习惯，但多重声音的叙述难道不能让你联想到福克纳的《喧哗与骚动》吗"？现在莫言自己也认为这种想法是有偏差的，他说："大家之所以能成为大家，与他们广泛地向各国学习借鉴分不开。"莫言提出："中国文艺界的出路，一边是向国外学习，一边是要挖掘本土民间的资源。"然而如若在20世纪80年代，莫言乃至新时期作家们能够有如此清醒的认识，寻根文学乃至整个新时期文学的鼎盛局面是否能够持续得更久呢？反观寻根文学所受的外来影响源头之一的福克纳，这位大师本人就是一个博采众长的典型例子。广泛的阅读为福克纳的文学之路奠定了厚实的基础，少年时代的他就在祖父的藏书室里如饥似渴地阅读古典作品和一些杂书，到了青年时代，好友菲尔·斯通又为他带来了大量的当时盛行的现代主义作品，因此，美国文学传统和当时西方文学思潮在福克纳的作品中都留下了印记。福克纳的作品明显受到许多作家的影响：如康拉德的作品结构和多角度叙事技巧，乔伊斯的意识流，巴尔扎克系列小说的宏观结构，麦尔维尔的象征手法，陀思妥耶夫斯基深刻而细腻的心理描写等。但是，福克纳运用这些艺术手法和技巧却有他自己的特点，对众多艺术形式和手法的创造性综合运用更使福克纳小说呈现出与众不同的艺术魅力。正是在对国内外文学作品的广泛借鉴与学习的过程中，福克纳才打磨出了属于自己的一套文学体系。相比福克纳，中国新时期作家们尚缺乏这种学习的耐心与执着精神。

美国作家福克纳与中国新时期的寻根文学作家，虽然属于不同的民族，有着不同的文化背景，然而当两方在新旧转换期遭遇共同的机会和问题，当"故乡"成为一种普适意义上的人类精神家园时，在20世纪80年代这一特殊的历史语境下，走在前头的有可能为后来者提供一面镜子，以莫言、苏童、贾平凹为代表的新时期作家正是参照这一面镜子，开拓出自己的文学创作天地。在这一过程中，得失并存，通过回顾这一段影响与接受的历史的得失功过，可以为中国当代文学的发展提供一面审视之镜。

后　记

　　少年时代，我如今想来都是影影绰绰的往事。那些往事的起点，在海陵老城一个叫"下坝"的地方，家家枕河而居，时光旖旎而行。性格内向的我在那里度过童年，不善言辞，最喜欢的事是看院子树下长出的蘑菇、新冒的嫩芽、忙碌的蚂蚁，觉得每一个细微的生命里都有深意，一看就是一整天。我也喜欢看老照片，照片里军装笔挺略带笑意的爷爷、垂着两个俏丽麻花辫的奶奶，那些斑驳发黄的照片，印刻着时光深处的峥嵘岁月，每一次端详，掺杂着回忆和想象的故事就会一齐奔涌在眼前。

　　很多奇妙的感受，也唯有在慢慢成长起来的阅读中，才得到循序渐进的印证和了解，那些欲诉难诉的心事已被写作者用细腻的笔触记录下来。

　　才知道，心灵记录的疆域可以无所不包，细腻或澎湃的情感，都可以写于笔下，成为今生今世的证据。连王羲之也发现昔人兴发感受的情由，常常和自己的心事如符契一般相合，千年后的我们在阅读到某一段情节、某一个句子，也不由产生电击般的触动，产生"他竟写出我心中所想却未能表达出的感受"，而好的文学又在触动你的同时，引你回味，漫溯到思想更深处。

　　中学课本是最初的文字滋养，印象颇深的是当时选入选修读本里的《受戒》，真是奇妙的故事！也真有意思！汪曾祺笔下的风土人情，很让人有亲切感。处处是水乡的世俗烟火气，明海那小娃真懵懂，英子那女孩也真活泼，荸荠田里的小脚印也成了岁月里温柔的痕迹。那时还疑惑：故事的结局是什么？如今年岁渐长，才明白，美好定格于那一刻，本身就是有价值的事情。花正好，月正圆，一切恰到好处，才给人留下柔软的念想。

　　那些包蕴美与深情的时刻，都能在阅读中一一感应，它可能是《红楼梦》里"每日家情思睡昏昏"的午后闲愁，"龙吟细细，凤尾森森"的潇湘馆里悠长的叹息；也可能是辛波斯卡"万物静默如谜"的沉沉喜悦，把时间切分成许多微小的永恒，让它成为"永远听命于我的存在"；抑或是托尔斯泰笔下"忧来无方，读狄更斯，遂与世界握手言和"的豁达从容的心态。正是在一次次阅读中，心灵有了更辽阔的视野，逐渐迈向更好的自己。

其实未曾想到，本不善言辞的我会走上讲台，与学生们说古论今，侃侃而谈。说到底，还是因为阅读，我有那么多的故事和感悟可以和我的学生分享，就觉得是快乐的事。我当然也看到今时不同往日，现在的孩子没有院落可以看蘑菇和蚂蚁了，似乎也没有闲情去用心读一本书，除了学业的压力外，世界将这些少年置于一个巨大的光影声色场中，太多的选择容易让人迷失自我，短视频有抖音快手，游戏有《斗罗大陆》《王者荣耀》，爽文有重生穿越宫斗……在这个妍媸共存的世界，少年的心极易动摇，而所谓教育大概是希望教育者能以身力行，作为摆渡人引领少年迈向更辽阔的心灵彼岸。

于是开始师生共读、以读促写。读经典，读生命。

我们花了很长的时间一起进行《红楼梦》的整本书阅读。学生起初对这个大部头经典有点发怵，还有些孩子曾读过速成版本。我们的课堂愿意为这些经典停留，小组讨论、撰写笔记、交流心得，少年的心毕竟善感，他们从那些或飞扬跳脱或多愁善感的少年身上，读到自己的影子，相似的年纪总有共鸣之处；闲暇时分，大观园的小儿女细赏菊花、兴建诗社、水榭听曲，鲜活的佐证也让当下的少年思索自己的时间管理；更何况，阅读《红楼梦》这样的经典，还无形中塑造着人的价值观，大观园里的小儿女，成见有时、嫉妒有时、攀比有时，可终究是愿意向着人性的善和美的，宝钗黛玉尽释前嫌互剖金兰语就是极好的例子，学生在成长的关键时期，有这样的经典打底，生命的底色也会更温厚良善。

如果你愿意，生命细密的纹路也是可以被阅读和记录的。它是你此生行走的轨迹，是你家门口最爱的那碗热腾腾的鱼汤面，是你日日奔波路上所忽略的行道花树，是你心里牵挂的路边寒风里依偎的摆摊母子……我用笔记下了这些过往，也是希望在时下，孩子的心灵也终会感知到世界的美与温柔，不负深情。

就像此刻灿烂如艳霞的杜鹃花，下一刻也许就零落成泥碾作尘，就算零落成泥碾作尘，也有诗人为之哀悼，哀悼本身又成为永恒的美学。

我只是觉得，生命中这样多的美与深情，它们转瞬而逝，可毕竟已在心尖上留下深深浅浅的一笔，如果不记录下来，也就恰如少年时代模糊的影像。可如果能用文字将之留存，就是对抗时间洪流的一种最佳凭据。

因为文字，是留住时间，留住生命里的美与深情最好的方式。

2020 年 4 月 28 日